Lars Gustafsson
Das seltsame Tier aus dem Norden und andere Merkwürdigkeiten

Deutsch von Verena Reichel

Deutscher Taschenbuch Verlag

Ungekürzte Ausgabe
Dezember 1995
Deutscher Taschenbuch Verlag GmbH & Co. KG,
München
© 1989 Lars Gustafsson
Titel der schwedischen Originalausgabe:
›Det sällsamma djuret från norr‹
(Norstedts Förlag, Stockholm)
© 1989 der deutschsprachigen Ausgabe:
Carl Hanser Verlag, München · Wien
ISBN 3-446-15734-4
Umschlagtypographie: Celestino Piatti
Umschlagbild: Rotraut Susanne Berner
Satz: Fotosatz Otto Gutfreund, Darmstadt
Druck und Bindung: C. H. Beck'sche Buchdruckerei,
Nördlingen
Printed in Germany · ISBN 3-423-12120-3

Für Joen

Videtur mihi nihil aliquid esse
Fredegesius von Tours:
»Epistola de nihilo et tenebris«

Bemerkung zu Sprache und Stil

Wie soll man die Sprache wiedergeben, die eine artifizielle Intelligenz im fünfzigsten Jahrtausend unserer Zeitrechnung benutzt, um lehrreiche und unterhaltsame Geschichten zu erzählen, zum eigenen Zeitvertreib an Bord eines sonnensegelnden Raumschiffs, unterwegs in ein fernes Sonnensystem? Ist die Sprache, deren sich eine solche Intelligenz bedient, ein binärer Code, der mit sehr hoher Geschwindigkeit übertragen wird? Oder vielleicht etwas noch Moderneres? Jedenfalls etwas, das sich so leicht nicht wiedergeben läßt.

Ich habe mich dafür entschieden, meinen Raumlord (meine Raumlords) in einer Syntax sprechen zu lassen, die am ehesten an ein sehr korrektes, aber etwas trockenes Latein erinnert, sagen wir das von Titus Livius in seiner Römischen Geschichte verwendete Latein, wie es, übersetzt ins Gymnasialschwedische meiner Jugend, klingen würde. Oder, um ein neulateinisches Beispiel zu nehmen, dessen Sprache und Stil ich stets bewundert habe, Olaus Magnus *Historia de gentibus septentrionalibus*, »Geschichte der nordischen Völker«. Beides Werke von großer Universalität und recht geringer Individualität, aus dem Fundus einer enormen Erfahrung schöpfend, mit einer gewissen altväterlichen pädagogischen Ausführlichkeit.

Der eigentümliche, renaissanceartige Rubrikstil des Olaus Magnus, mit Überschriften wie »Von Ringen, die sich im Winter am Himmel zeigen, und deren Wirkungen«, sind natürlich wie geschaffen für Erzählungen dieser Art.

L. G.

I.

(Prolog in einem Raumhafen)

Endlich konnte wieder eine Reise ihren Anfang nehmen!

Zu beobachten, wie der Lord in seinem Flaggschiff installiert wurde, war jedesmal ein ebenso obszönes wie imponierendes Erlebnis. Ein etwa fünfzig Meter langer Zylinder mit einem Radius von ungefähr sechzehn Metern, aus einem schwarzglänzenden Material, das zugleich metallisch und keramisch wirkte, wurde von ein paar unförmigen, freischwebenden Fendern mit äußerster Langsamkeit durch ein magnetisches Tor hinter der Anlegebrücke an seinen richtigen Platz gelenkt. Das ganze Sonnenwindschiff *Pascal II* vibrierte, trotz seiner kolossalen Größe, beim Einführen dieser Kapitänsröhre in sein Inneres, als würde die Masse dieses verhältnismäßig kleinen Gegenstandes die gesamte übrige Masse des Schiffes aufwiegen. War der Lord selbst so schwer, oder war es sein Behälter?

Seiner Erfahrung wegen war er sehr gefragt. Vor genau fünfundsiebzig Jahren hatte er die Überreste einer zerstreuten und schwer beschädigten Schlachtkreuzereinheit mitten durch eine furchterregende fremde Flotte geführt, von der manche annahmen, sie komme von dem geheimnisvoll leuchtenden Grauen Riesen Gamma in der Gegend der Well'schen Verdichtung, eigentlich ein Stück oberhalb der galaktischen Ebene und weit draußen an der Peripherie. Eine Flotte, die offenbar mit Schwerkraftwaffen und Wahrscheinlichkeitsverzerrern ausgerüstet war. Und zwar ohne ein einziges Schiff zu verlieren.

Solche Leistungen hatten schon andere, in die Annalen

eingegangene Lords vor ihm vollbracht. Doch die seine war originell. Während er das Manöver im Zentrum des Sektors durchführte, es war ein äußerst leeres Gebiet am Rand eines Spiralarms der Galaxis, hatte er ein »hungriges« Schwarzes Loch entdeckt, eine fast unsichtbare Singularität, die sich seit Jahrmillionen mit der einen oder anderen rasch verschlungenen Handvoll frei umherschweifender Wasserstoffatome hatte begnügen müssen.

Eine Negativität im leeren Raum, eine kaum merkbare Riesenfalle, ein Tor aus der örtlichen Physik hinaus und in eine andere hinein, der keine Bremskraft widerstehen konnte, wenn man nahe genug an ihren Rand geriet. Dann begann man den reibungslosen und immer steileren Abhang hinunterzurutschen, der aus dem dünnen Spinnennetz der hier herrschenden Physik hinausführte, hinein in eine heißere und dichtere Welt, in der alle Gravitationszentren nicht-linear waren und alle Ereignishorizonte sich rasch in munteren Fraktalen ausbreiteten, ebenso kreativ und unvorhersagbar wie die Phantasie eines guten Poeten.

In dieses hungrige und leere Schwarze Loch hatte er die gesamte fremde Flotte geführt, indem er mittels einer in der richtigen Nanosekunde verstohlen abgelassenen kleinen Photonmenge den furchtbar schnellen Verfolgern seine Gegenwart verriet, gerade als er und seine »Männer« (aus irgendeinem Grund nannte er sie gewöhnlich so, auch wenn einige davon platt waren wie Flundern, oder wie die auf der Erde seit Hunderten von Millionen Jahren verschwundene ediacarische Fauna alle Organe auf der Außenseite trugen und die ganze Reise in Salzwassertanks bei sechzehn atü verbrachten. »Ein Mann ist ein Mann« pflegte der Lord zu räsonnieren. »Und ist es kein Mann, sondern ein Frauenzimmer, merkt man das am Charakter genausogut wie am Körper.« Wie alle älteren Marineoffiziere war er in solchen Fragen ein Monster an Konservatismus.) als, wie gesagt, er und alle seine Männer und sein Schiff sich jenseits der Peripherie dieses sonnensystembreiten Riesentrichters befanden, der, ohne Hoffnung oder Furcht und ohne öfter als jedes zehntausendste Jahr seine Existenz durch ein oder zwei rasch verschluckte Gammapartikel zu verraten, langsam in dem ihm gemäßen Rhythmus rotierte.

Daß die feindlichen Schiffe eins nach dem anderen in der unsichtbaren Singularität verschwanden, zeigte sich lediglich an der immer lebhafter werdenden Gammastrahlung aus der Mitte des Trichters.

Hätte die Singularität denken können, wäre ihre erste Reaktion so etwas gewesen wie »fröhliche Überraschung«.

(Der Lord war seinerseits fest davon überzeugt, daß selbst so abstrakte Strukturstörungen wie »hungrige« und also völlig energieschwache Singularitäten des Denkens mächtig seien. »Alles denkt«, pflegte er zu sagen. »Sonst wäre es nicht da.«)

Warum rotierte sie? Vielleicht um den Kontakt zur nicht-mehr-örtlichen Physik zu halten, in die sie eingebunden war? Vielleicht stand das hungrige Schwarze Loch still, während das ganze Universum rotierte? Sinnlose Fragen. Die Fragen der Erdgebundenen. Der schmale, aber intensive Strahlungskegel hatte dem Ersten Raumlord verraten, daß die feindliche Flotte ihr Ziel erreicht hatte. Der Boden des Hungrigen Lochs hatte dankbar diese Räumlichkeit in Zeit verwandelt und den Empfang bestätigt, indem es die Restenergie als deutlich wahrnehmbaren Kegel hochfrequenter Gammastrahlung ausspie.

Der Raumlord war ein überaus kommunikationsfreudiges Wesen. Kaum hatte die Reise begonnen, da teilte er rasch seine ohnehin komplizierte geistige Struktur in acht Unterabteilungen auf. Und dann konnten diese Ableger, Scheingestalten, einander jahrzehntelang recht illusionistisch Geschichten erzählen. Eine muntere Runde von Erzählern, die sich an Lebenserfahrung, Einfallsreichtum und fesselnder Darstellungskunst zu überbieten schienen und sich zuweilen mit blitzartiger Geschwindigkeit die Bälle zuspielten. Nur wenn völlig überraschend ein Kometenschwarm oder irgendein anderes Problem auftauchte, mußte er manchmal für ein paar Stunden die Runde auflösen, um sich mit ungeteilter Aufmerksamkeit seinen Pflichten zu widmen.

Er haßte das, denn es bedeutete, daß all die kommenden spannenden Erzählungen der Gesprächsteilnehmer, auf die er sich schon gefreut hatte, ihm in einem Augenblick offenbar wurden – *Fiktionskollaps* war der einzig angemessene Ausdruck für diese unangenehme Art des Erwachens. Im übrigen fühlte er sich sehr wohl in dieser originellen Runde von geistreichen Erzählern, wobei er nicht genau wußte, welcher von den acht am Tisch er selber war. War diese Erzählkunst menschlichen oder unmenschlichen Ursprungs? Schwer zu sagen. Kann man einem Gedanken eigentlich entnehmen, wer ihn gedacht hat, Maschine, Tier, Gott oder Mensch?

Ob er Zuhörer hatte oder nicht, erschien ihm offenbar bei genauerer Analyse nicht so wichtig. Wie dem auch sei, er soll angeblich bei dieser Gelegenheit eine Mitteilung eher philosophischer Natur über die zerstreute Flotte verbreitet haben:

– *Es gibt kein Vakuum. Und daran könnt ihr euch ge-*

nausogut ein für allemal gewöhnen, ihr Schwachköpfe,
von der Finsternis erschaffen!

Jetzt war vom Zylinder nicht mehr viel zu sehen. Das bleiche Licht der am nächsten stehenden Sonne wurde nur zögernd von dieser schwarzen, fensterlosen Wand reflektiert. Was für seltsame Bedingungen mochten dort drinnen herrschen? Vielleicht Tausende von atü? Vielleicht unfaßbar hohe oder extrem niedrige Temperaturen?

Wie mochte ein Körper aussehen, der einen so merkwürdigen Anzug brauchte?

War der Lord wirklich so groß? Oder war er ein winziger Organismus, geschützt durch ein äußerst haltbares und temperaturbeständiges Milieu, mit dem er sich auf diese Weise stets umgab? Wie jeder Kundige weiß, konnte der Raumlord in Wirklichkeit winzig sein. Wenn er aus Materie von einem dunklen Neutronenstern gebaut war, konnte er theoretisch gesehen die Größe eines Moleküls haben und trotzdem eine Menge leisten, falls es ihm gelang, seine üblichen, bizarren Lebensbedingungen im Inneren des dunklen, polierten Riesenzylinders aufrechtzuerhalten.

Vielleicht war der Raumlord tatsächlich ein sehr kleiner Gegenstand mit einer Vorliebe für den rhetorischen Eindruck, der sich in gewissen Milieus durch physische Größe erzielen läßt.

Oder – wie die ganz versierten unter den Zuschauern gern behaupteten: vielleicht brauchte es gar keinen Lord in dem Zylinder? Womöglich war diese große, schwarzglänzende Hülse ganz einfach ein Kommunikationsterminal? Vielleicht hatte er nie die Tiefe seines warmen, mütterlichen Meeres verlassen? Vielleicht steuerte er von dort aus als Navigator die Schiffe? Machte ihn das möglicherweise zu einem so ungewöhnlich ruhigen und unbekümmerten Kapitän?

Wieder andere wußten zu berichten, er sei überhaupt kein Kapitän, geschweige denn ein Lord, sondern lediglich ein Lemtank, ein triviales Kommunikationshilfsmittel, ursprünglich erfunden von dem großen Prognostiker des 20. Jahrhunderts, Stanislaw Lem. Der Lemtank enthielt Millionen von mikroskopischen Infusionstierchen, ständig oszillierend in den Brownschen Molekularbewegungen. Diese Infusionstierchen bekamen ein schwach eisenhaltiges Salz in ihre Nahrung und reagierten daher auf elektromagnetische Impulse. Wie es genau zuging, wußte keiner, aber offenbar erhielt die Masse der Amöben eine Homöostasie aufrecht, die so beschaffen war, daß das Schiff unfehlbar an seinem Platz im komplizierten Koordinatensystem des tiefen Raums blieb. Von dort aus konnten sie auf Verlangen jede beliebige andere Bahn berechnen und, natürlich, eine Projektion des veränderten Sternenhimmels von jedem gewünschten Ort in der berechneten Bahn liefern. Das einzige Risiko bei diesen halb biologischen, halb elektronischen künstlichen Intelligenzen war, daß die Infusionstierchen bei längerem Gebrauch, zumal wenn die Sauerstoffzufuhr nicht ganz perfekt ausgewogen war, degenerieren konnten und somit jeden Nutzen verloren. Vielleicht war der Raumlord nichts weiter als der Lemtank des Schiffs?

Oder, wie der Lord angeblich selbst einmal geäußert hat:

– *Es gibt so viele Arten zu existieren, daß es nahezu unmöglich ist, es nicht auf die eine oder andere Weise zu tun.*

Der riesenhafte interstellare Sonnenwindsegler der Uranusklasse, *Pascal II*, setzte sich endlich in Bewegung, um das Dock zu verlassen. Das Sonnensegel, dünn wie die Membran an den Flügeln eines gigantischen Insekts und reflektierend wie ein Silberspiegel, wurde schon von tausend fleißigen Roboterarmen gehißt, mit ihren vielen Scharnieren nicht unähnlich den Rippenstäben eines Sonnenschirms. Langsam breitete es sich viele Quadratkilometer in alle Richtungen aus. Die Geschwindigkeit des Schiffs übertraf noch nicht die eines langsamen Radfahrers, und tatsächlich würde es Monate dauern, bis auch nur die halbe Lichtgeschwindigkeit erreicht war, genau wie es Monate dauern würde, wieder abzubremsen. Aus diesem und ähnlichen Gründen bedurfte es einer überdurchschnittlichen artifiziellen Intelligenz als Befehlshaber. Aber erst nach Wochen würde der mit dieser Reise betraute Lord mehr als nur einen Bruchteil seiner Aufmerksamkeit auf Segel, Takelage und Navigation richten müssen.

In der Offiziersmesse – der Lord nannte sie gern so – hatte er mit der gleichen Sorgfalt wie eh und je das Arrangement für sein Lieblingsspiel getroffen. In einer Art hell erleuchtetem Tank (der möglicherweise überhaupt kein Tank war, sondern nur eine dreidimensionale holographische Projektion) saßen um einen massiven, mit grünem Filz ausgeschlagenen Eichentisch acht altertümliche britische Marineoffiziere in Admiralsuniform. Ihre vollständig identischen Gesichter schmückten acht dichte, aber gepflegte Vollbärte. Ihre Epauletten glänzten, ihre sorgfältig manikürten, kräftigen Finger spielten zerstreut mit den Walnüssen in der prachtvollen Silberschale, die zusammen mit der angestaubten Portweinflasche und den Silberbechern den einzigen Tischschmuck ausmachten. Es sah aus wie in jeder beliebigen besseren britischen Flagg-schiffsmesse, von Nelsons Tagen bis zum Falklandkrieg. Einen interessanten Unterschied gab es jedoch. Keiner von diesen acht Erzählern am Tisch wußte, welcher von ihnen er war.

Jeder wußte natürlich, daß er einer von den acht war, aber dieses spezielle Gefühl von *pour soi*, das einst Den Alten mit untrüglicher Gewißheit sagte, sobald sie sich an einem Tisch befanden, nicht nur *daß* sie einer von denen am Tisch, sondern auch *welcher* davon sie waren, mit anderen Worten das Gefühl, jemand Besonderes zu sein, diese Empfindung war in den auf den Menschen folgenden geschichtlichen Epochen leider verlorengegangen. Gewiß war eine artifizielle Intelligenz imstande, *le pour soi*, das Gefühl, ein spezieller, einzigartiger Winkel der Welt zu sein, ein Ding mit Fenstern sozusagen, durch verschiedene schatten- und echohafte Hilfskonstruktionen zu ersetzen. Aber nichts vermittelte so richtig diese originelle Empfindung, jemand Besonderes zu sein.

Es war beispielsweise sehr einfach, einen *masterfile* zu programmieren, der jedem von diesen acht sorgfältig manikürten und britisch blau uniformierten Admiralen Mitte vierzig ein untrügliches Gefühl dafür gab, in welcher Reihenfolge sie zu Wort kommen würden. Das Gefühl aber, ein Besonderer zu sein, hatte ihr Herr und Meister, der Raumlord, ihnen nicht vermitteln können. Vielleicht war das der Grund dafür, daß ihre Finger jetzt so nervös gegen die Tischkante trommelten, falls sie nicht mit den Walnüssen in der Silberschale spielten.

– Meine Herren, sagte der Erste von den acht Lords: meine Erzählung handelt von etwas, wofür es eigentlich keinen Namen gibt ...

2.

(Von gefangenen Prinzen und
ihren Wärtern)

Meine Herren, sagte der erste der acht: wenn euer Gemurmel und die munteren Gespräche verstummt sind, möchte ich nun endlich zu meiner Erzählung kommen, oder vielmehr zu meinen Erzählungen, denn es sind mehrere. Sie handeln von etwas sehr Qualvollem, was einst bekannt war als »Die Gefangenen im Brunnen der Träume«.

Es ist eine bekannte Tatsache, daß verschiedene Zivilisationen in alten Zeiten unabhängig voneinander eine zugleich schonende und äußerst grausame Methode entwickelten, wie man politisch oder dynastisch wichtige Personen, die mit den Machthabern zu eng verwandt oder zu bedeutend waren, um getötet zu werden, in Gefangenschaft hielt. Und zwar auf so subtile und angenehme Art, daß die Gefangenen nicht einmal merkten, daß sie Gefangene waren, bis ihr Leben zu Ende und es für sie zu spät war, zum dynastischen Aufruhr, zur Macht und zur gerechten Rache zurückzukehren.

Auf die eine oder andere Weise gelang es dem Thronprätendenten, dem jüngeren Bruder oder dem falschen Minister, sich die Verfügungsgewalt über den Körper der unerwünschten Person zu verschaffen. Gewöhnlich dadurch, daß man ihn oder sie mitten im tiefsten Schlaf entführte. Auch hypnotische Drogen und sexuelle Verführung kamen zur Anwendung, wie wir es von dem Fall der liederlichen Königin von Ur kennen, einer Dame, die übrigens vor ihrer Gefangenschaft durch ihre Lasterhaftigkeit und

Machtgier soviel Schaden anrichtete, daß man sich tatsächlich fragen muß, ob sie ihr Schicksal nicht verdient hat. Das trifft indessen keineswegs auf alle Unglücklichen zu, die in eine derartige Gefangenschaft gerieten.

Die Technik jedenfalls, deren sich diese Verbrecher gewöhnlich bedienten, bestand darin, den Gefangenen in einer biologischen Umgebung unterzubringen, die ihn oder sie mit allem versorgte, was ein Körper braucht. Nicht selten war es ein Tank mit einer Flüssigkeit von gleichbleibender Körpertemperatur, also Bedingungen ähnlich denen im Mutterleib. Für Sauerstoff, einen ausgeglichenen Wasserhaushalt, Nährstoffe, Minerale und Vitamine sorgten verschiedene homöostatische Systeme. Ja, die Situation war tatsächlich nicht unähnlich der, die ein Fötus im Mutterleib erlebt.

Das Wesentliche aber war ein Kabel, das mit einem eng anliegenden Helm am Kopf des Gefangenen verbunden war und ständig an seine Hirnrinde Reize aussandte, die Leben simulierten. Mit einem Realismus, der stärker und zusammenhängender war als der des Traums, spielte der solchermaßen stimulierte Kortex dem Gefangenen sämtliche Begebenheiten eines normalen Lebens vor: Genüsse, Abenteuer und Gefahren, bis hinab zu den trivialsten Lebensäußerungen. Bald träumte er, im brüllenden Sturm über ein aufgewühltes Meer zu segeln, um sich, nach einem Schiffbruch an einen fremden Strand geworfen, in wilde und überaus befriedigende Liebesabenteuer mit der weißhäutigen, schlanken und dunkeläugigen Königinwitwe der Insel zu stürzen. Bald erlebte er Reisen durch wirbelnde Schneestürme in fernen, verlassenen Gebirgslandschaften, üppige Bankette, ja, auch Duelle, Wunden, Schmerzen und Schrecken, ebenso wie Orgien in parfumgeschwängerten Serails. Und das alles dem Leben eines anderen entlehnt.

Denn die gesamte Methode beruhte auf der Möglichkeit, die Erinnerungen anderer Geschöpfe aufzuzeichnen. Und diese Erinnerungen konnte man redigieren, schneiden, zusammenstellen und überblenden, ganz nach Belieben des Gefangenenwärters.

Im klassischen Zeitalter nahm die Komposition von imaginären Leben die Form einer wirklichen Kunstart an.

Der große Funk von Fulda auf Ugaran war vielleicht der größte von diesen Meistern der klassischen Zeit. Er verschmähte viele der eher barocken Tricks seiner Vorgänger. Den Gefangenen etwa sein Leben als insektenjagende Schwalbe verbringen zu lassen, frei und schnell wie der Wind selbst, oder als gepanzertes, kolossal starkes Ungeheuer in einer Umgebung von kochenden und explodierenden vulkanischen Seen, als intergalaktisches Monster, dahinvegetierend in den schwachen Dünungen ferner Gravitationskollapse und durch die Jahrtausende auf die eine oder andere unbekannte Beute wartend, während sein eiskaltes Hirn mit geologischer Langsamkeit dies oder jenes fundamentale philosophische oder mathematische Problem wälzte – solche Auswüchse einer bizarren Phantasie waren Funk von Fulda fremd.

Funk begnügte sich nicht damit, Erinnerungen von oft Hunderten intelligenter Wesen zu einem einzigen Lebensfaden zusammenzuzwirbeln, und zwar so konsequent und so einfach in seiner Schlüssigkeit, daß jedes wirkliche Leben im Vergleich mit dem von ihm erschaffenen wie erfunden wirkte.

Nicht selten machte er sich den Spaß, etwas einzufügen wie Träume im Traum. Wunderbare Befreiungen, das Erwachen aus der sterilen Ruhe im Traumtank mit nachfolgendem Aufruhr und geglückter Machtübernahme. Der Gefangene wähnte sich befreit und draußen in der Wirklichkeit seines eigenen Lebens, und war dabei tatsächlich nur in einen lebhafteren Teil seines Traums eingetreten.

So war der Lebenszyklus, den Funk von Fulda für Prinz Filibert von Ziguinchor konstruierte: als achtzehnjähriger Thronanwärter von einem neidischen und machtlüsternen Onkel in einen Traumtank eingesperrt, träumte dieser Prinz kurz darauf den von Funk konstruierten Traum von seiner eigenen Befreiung:

Als der glücklich entkommene Prinz Filibert schließlich wieder normal zu atmen begann, hob er, unendlich vorsichtig, da er die Gefährlichkeit der Situation erkannte, seinen Kopf. Das erste, was er sah, waren ein paar Disteln, die in offenbar zufälliger Verteilung hier und da aus einem Boden sprossen, auf dem zwischen den runden Kieselsteinen sonst nur Wegerich wuchs. Deutlich spürte er den Biß einer Feuerameise über dem Hosenbund. Er hoffte, sie wäre die einzige ihrer Art.

Er hob, wie ich schon sagte, mit äußerster Vorsicht den Kopf. Teils, weil er nicht ganz sicher war, ob er ihn überhaupt heben konnte, teils, weil dieses Gelände, wenn seine Vermutungen zutrafen, von den seltsamen Dienern und Hunden des Barons scharf bewacht sein müßte. Doch in der Landschaft, die sich vor ihm ausbreitete, herrschte nur eine trügerische Stille.

Vor ihm lag ein steiler Abhang, in den das Regenwasser tiefe Rinnen gegraben hatte, und wo zwischen diesen Furchen, die angefüllt waren mit runden Kieselsteinen, die Disteln mannshoch standen. Langsam kriechend erreichte er die Kuppe der Anhöhe. Hier begann ein offenbar dicht bewachsenes, unwegsames Waldgebiet, das in sanften Hügeln dem Horizont zuzustreben schien, wo es sich im Sonnenrauch verlor.

Kein Hundegebell war zu hören.

Was war eigentlich geschehen? Wie kam es, daß er frei war? Wer war er? Wie alt mochte er sein? Und warum war ihm so traurig zumute? Er musterte seine Hand, die schon von Staub bedeckt war, eine ganz gewöhnliche Hand, an der ein Daumennagel abgebrochen war. Sie gab ihm keinen Hinweis. Vage Erinnerungen, nicht aus einem, sondern aus mehreren Leben, sagten ihm, er sei kürzlich ein Gefangener der Träume gewesen. Doch in welchen Träumen gefangen, das wußte er nicht mehr genau zu sagen. Mit einer vorsichtigen Handbewegung befühlte er seinen Nacken. Die schmerzende, vielleicht auch nässende Stelle, an der eine Elektrode ihn mit einer Traummaschine hätte verbinden können, war nicht zu ertasten. Was er spürte, war lediglich, daß sein Haar dicht und kräftig war, und vielleicht auch ein wenig staubig von diesem allzu trockenen Abhang.

Ein ungewohntes Sonnenlicht lastete auf seinem Kopf, die Haut an seiner Stirn brannte.

Wenn er wirklich ein Gefangener der Träume war, wie war er dann dem Tank entronnen? War ihm das selbst gelungen in einem unbewachten Augenblick? Hatte er seine Wächter ums Leben gebracht? Oder hatte er es geschafft, ihnen zu entkommen, atemlos durch endlose labyrinthische Korridore rennend? Oder war ihm jemand beigesprungen?

In seinen verwirrten Erinnerungen sah er plötzlich diese Korridore vor sich, erschreckend leer und verlassen, und zugleich erschreckend voll von Männern, Frauen und

Kindern, die unterwegs waren in alle Richtungen. Wer hatte ihn eingesperrt gehalten? Und welches erbliche Recht hatte man ihm vorenthalten, indem man ihn so tief in dem bodenlosen Brunnen der Träume versenkte, daß er nicht einmal mehr wußte, warum er dort hineingeraten war, und als wessen Gefangener? In welcher Sprache dachte er jetzt? Es schien ihm eine wortreiche, eine altertümliche Sprache zu sein, mit einer großen Fähigkeit, kurze und lange Nebensätze zu bilden, und Gerundivkonstruktionen und elegante Wendungen. Offenbar beherrschte er sie gut: die Worte ließen ihn nicht im Stich. Vielleicht war er keine fürstliche Person, sondern der gelehrte Ratgeber einer fürstlichen Person?

Seine Phantasie spielte einen Augenblick mit dem Gedanken, nur eine umfassende Katastrophe hätte es ermöglicht, ihn zu befreien. Vielleicht waren alle übrigen in dieser Gegend, Freunde wie Feinde, jetzt tot? Oder würde er in diesem Wald seine Freunde treffen, ein Rebellenheer um sich versammeln und seinen siegreichen Feldzug nicht eher beenden, bevor nicht der Kopf des bösen Usurpators, der ihn vor so langer Zeit im Brunnen der Träume versenkt hatte, auf einem spitzen Pfahl den höchsten Turm der Burg krönte?

Wie aber war zwischen Freund und Feind zu unterscheiden? Wenn er zufällig auf irgend jemanden stieß in diesem Wald, der sich noch immer so still in der Mittagshitze ausbreitete, wie sollte er wissen, auf welcher Seite derjenige stand?

Mit erneuter Aufmerksamkeit betrachtete Filibert die erste beste Distel in seiner Nähe. Es war eine ganz gewöhnliche Wetterdistel. Trotz der Wärme mußte es ziemlich früh im Jahr sein, da sie noch nicht aufgegangen war.

Die Kelchblätter zeigten ganz deutlich die bläuliche Färbung, die für diese Art so charakteristisch ist. Das Eigentümliche an dieser Distel unter tausend anderen jedoch war, daß am Rand der Kelchblätter dann und wann ein dünner, schwacher Streifen von Gelb auftauchte, um gleich wieder zu verschwinden, gerade so, als würde die Pflanze von innen erleuchtet.

War es eine Störung, eine unendlich winzige Unvollkommenheit in dem Mikroschaltkreis, der diesen Teil des Traums schuf? Oder gibt es womöglich, trotz allem, Wetterdisteln, die sich auf diese Weise gebärden?

Falls Filibert in diesem Augenblick etwas ahnte, hat er es jedenfalls nie jemandem verraten. Überhaupt machte ihn dieses Erlebnis sehr zurückhaltend mit Auskünften über sich selbst oder darüber, was er eventuell über seine eigene Existenz wußte und nicht wußte. Von diesem Augenblick an, während des gesamten langen und siegreichen Filibertaufruhrs, bis hin zu seinem heroischen Tod auf dem Schlachtfeld von Os, fünfunddreißig Jahre später, gestaltete er seine Rollen als entlaufener Gefangener, Aufrührer, gerechter und strenger Richter seiner Feinde, Imperiengründer sowie rechtschaffener und milder Herrscher seines Volks mit einem Stilgefühl und einer Konsequenz, die ihn unvergeßlich machen. Seine Gefangenschaft und seine Erinnerungen aber erwähnte er nie mit einem Wort. Sein Leben war eine heroische Chronik.

– Spielt es dann, sagte der Erste Lord und faßte nachdenklich an seinen schwarzen Bart (als wäre dort die Antwort zu finden), irgendeine Rolle, ob es ihn gab oder nicht?

Das Experiment, dem Gefangenen den subtilen Verdacht einzuflößen, er sei noch immer gefangen, erschöpfte natürlich keineswegs Funks Phantasie, bei weitem nicht! Funk war der festen Überzeugung, keine Gefangenschaft im Brunnen der Träume sei möglich ohne die Mitwirkung des Gefangenen selbst, und die Tätigkeit, die er ausübte, sei durchaus nicht grausamer als das Leben selbst. Es machte ihm großen Spaß, den Gefangenen doppelte Leben zu geben, das heißt, er ließ sie in wechselnden Perioden zwei verschiedene Leben führen, das eine beispielsweise als armer Holzfäller mit vier Kindern in den Chisosbergen, das andere als reicher, verwöhnter Kaufmann in der Stadt Palmyra zur Zeit des großen Gewürzhandels. Diese beiden Leben wechselten sich abrupt ab, und es war und blieb ein Geheimnis, ob der Gefangene sich selbst als Person mit zwei Leben sah, oder als zwei verschiedene Personen mit jeweils eigenem Leben, die auf eigentümliche Art wechselseitig Zugang zu ihren Erinnerungen hatten. Oder hatten sie vielleicht keinen Zugang zu ihren jeweiligen Erinnerungen? Viele derartige Geheimnisse nahm Funk mit ins Grab, als die Rechtgläubigen in den ersten chaotischen Jahren des Großen Aufruhrs sein Laboratorium zerstörten. Spätere Historiker haben es bedauert, daß dabei soviel Weisheit und ein so tiefes Wissen verlorengingen.

Ein ebenso sadistisches wie seltsames Experiment war es, wenn Funk Gefangene, gegen die er einen ganz persönlichen Groll hegte, zirkuläre Leben durchlaufen ließ. Mindestens ein Fall ist bekannt. Es war der grausame Baron Oztek, der Funks eigene Schwester vergewaltigt hatte und den das wechselhafte Kriegsglück der Gewalt von Funks Herrn überantwortete. Funk ließ den Gefangenen einen sehr langen, komplizierten Traum durchleben. Darin war der Baron einer von seinen eigenen Steuereintreibern und wurde beschuldigt, Einkünfte seines Herrn hinterzogen zu haben. Ihm wurde ein langer, gründlicher Prozeß gemacht, und nach endlosen, ermüdenden und ungeheuer detaillierten Abrechnungsprüfungen erging das Urteil, ihn in den Brunnen der Träume zu werfen, wo er sich als noch nicht entlarvter, betrügerischer Steuereintreiber des gestrengen Barons Oztek wiederfand. Dann wiederholte sich genau derselbe Handlungsverlauf bis ins kleinste Detail, bis hin zum Prozeß. Der böse Baron muß schließlich in einer schattenlosen Welt des Wissens gelebt haben, wo keine einzige Zahl, kein Komma ihm fremd waren.

Funks letztes Meisterwerk bestand darin, daß er einem Gefangenen im Brunnen der Träume weismachte, er sei eine *überaus große* artifizielle Intelligenz. Infolgedessen wurde der ziemlich einfältige Hofnarr, der das Opfer war – er hatte sich bei dem furchtbaren Verbrechen ertappen lassen, nicht nur einzuschlafen, sondern auch zu schnarchen, als der Graf seine eigenhändig verfaßten Canzone vorlas – mit größeren mathematischen Erkenntnissen und physikalischem Wissen ausgestattet, als ein einzelnes menschliches Wesen besitzen konnte.

Es gab keine lineare oder nicht-lineare Bewegungsgleichung, für die er nicht innerhalb weniger Sekunden einen Raum fand, es gab kein Wellensystem, das er nicht berechnen konnte.

(Oder war es vielleicht so, daß er im Traum tatsächlich zwei Gedanken hatte, der eine so trivial wie »Kork kommt von der Rinde der Korkeiche«, und daneben der andere, der besagte, der erste Gedanke sei eine geniale Formel für

einen Superstrang in einem sechsdimensionalen Raum?
Wie sollte man den Unterschied herausfinden?)

Jedenfalls wurde diesem Einfaltspinsel suggeriert, er sei
eine enorme artifizielle Intelligenz, groß wie ein Planet,
zwischen zwei Sonnensystemen im Raum schwebend, mit
der Aufgabe, ein vereinfachtes Modell der örtlichen Physik zu konstruieren, die ihn umgab. Obendrein ließ Funk
den Narren glauben – ich meine mich zu erinnern, daß er
Filo hieß –, diejenigen, die ihn konstruiert hatten, seien
seit Zehntausenden von Jahren ausgestorben und mit dem
Auftrag sei es nicht mehr so dringend. Filo hatte kurz gesagt ziemlich freie Hand.

Die ungeheure artifizielle Intelligenz Filo machte sich
ans Experimentieren, und es dauerte nicht lange, bis er
über genügend Kenntnisse verfügte, um eine kleine örtli-
che Physik zu konstruieren. Sie hatte einen zwölfdimensionalen Raum mit strangförmigen Ereignisverläufen. Auf
dem Weg durch die Falten und Schlingen dieses Raumes
nahmen die Stränge elementare Partikeleigenschaften an.
Aus einer ursprünglich heißen Gaswolke, bestehend aus
der einzigen Art von Partikeln, die Filo notgedrungen
postulieren mußte, ließ er durch langsame Abkühlung Galaxien und Sterne entstehen. Die extreme Temperatur der
neuen Sonnen war ausreichend, um die Bildung von
Schwermetallen und komplizierten Grundstoffen zu ermöglichen.

Filo ließ das alles in einer unwirklich schnellen Zeitskala
passieren und experimentierte mit verschiedenen Kon-
stanten. Er entdeckte die Bedeutung der Gravitationskonstante. In einigen seiner Universen tendierte alles dazu, in
einem Gravitationskollaps zu implodieren; in anderen er-
kaltete das ganze System mit erschreckender Geschwin-

digkeit; in manchen ereignete sich eine furchtbare Explosion, wenn positive und negative Materie nicht schnell genug zu trennen waren.

Wie lange dieses Experimentieren andauerte (oder, was hier das gleiche bedeutet, anzudauern schien), ist nicht leicht zu sagen.

Wonach er strebte, ist hingegen unschwer zu verstehen: er wollte ein Modell schaffen (oder ein Universum, je nachdem, wie man es sieht), das imstande war, zuerst organisches Leben und dann organische Intelligenz zu entwickeln. Folglich begann er mit Planeten zu experimentieren, die aus Gravitationsstörungen zwischen verschiedenen Sonnen hervorgegangen waren. Es brauchte eine ganze Reihe von Experimenten, bevor er die ganze Idee aufgab. Ihm wurde klar, daß es zwar einfach ist, Planeten zu erzeugen, indem man wandernde schwere Neutronensterne in lange elliptische Bahnen schießt, die zuweilen die der Sonnen kreuzen müssen, daß es aber nicht ebenso einfach ist, einen Planeten zu schaffen, der sich für organische Intelligenz eignet. Filo entschloß sich zu einer Vereinfachung: die interstellaren Staubwolken sollten von derartigen elektromagnetischen Feldern eingekreist werden, daß sie begannen, intelligente Geschöpfe hervorzubringen.

Es heißt, ihm sei irgendwo auf diesem Weg eine Katastrophe widerfahren: sein Verstand, der des Narren ebenso wie der artifiziellen Intelligenz, brach zusammen und wurde leer wie der Raum zwischen den Galaxien. Behauptet wird aber auch, er habe tatsächlich sein Ziel erreicht (oder meinte, sein Ziel erreicht zu haben), und die Monster, die er erzeugte, seien so grauenhaft gewesen, und hätten, als sie nach einigen simulierten Jahrmillionen pseudogenetischer Entwicklung zu ihm zu sprechen begannen, ihm so entsetzliche Wahrheiten gesagt, daß er für alle Zeit seinen Verstand verlor, sowohl als artifizielle Intelligenz wie als menschliches Wesen.

Keine Sphinx könnte ein Rätsel aufgeben, das so schwer zu lösen ist wie dies: Was hatten Filos Monster ihrem Schöpfer zu sagen?

Was den Meister Funk von Fulda betrifft, so soll er gegen Ende seines Lebens zur Überzeugung gelangt sein, es gebe keinen Traum, der nicht ohne die Einwilligung und Mitwirkung des Träumenden zustande komme, und kein Wesen, nicht einmal Funk selbst, habe die Möglichkeit, zwischen Traum und Wirklichkeit, zwischen Gefangenschaft und Freiheit zu unterscheiden, wenn der Traum nur sorgfältig genug konstruiert war.

Als an einem Oktobertag im Jahr 49 vor dem Zweiten Imperium einer von den Soldaten der Rechtgläubigen mit gezogenem Schwert in sein seltsames Laboratorium eindrang, soll er lediglich gedankenverloren von dem pseudoorganischen Mikroschaltkreis für den menschlichen Orgasmus, den er gerade konstruierte, aufgeblickt haben. Seine letzten Worte lauteten der Legende zufolge:

– Wer bist du, daß du meinst, ein Schatten könne einem Schatten den Kopf abschlagen?

3.
(»Das Ding« und
»Die zweimal Geborenen«)

– Meine Herren, sagte der Zweite Lord und lockerte seinen untadeligen britischen Admiralskragen, als ringe er tatsächlich für einen Augenblick nach Luft. Die Erzählung, die uns der Erste Lord miterleben ließ, war gewiß ebenso tragisch wie denkwürdig. Doch bei aller Tragik, die in ihr aufscheint, bei allem menschlichen Heroismus und der Tauglichkeit selbst unter unerträglichen Bedingungen, eignete dieser Geschichte doch etwas Tröstliches. Und zwar der Umstand, daß sie von etwas ganz und gar Erklärlichem und Faßbarem handelte.

Obwohl die Erzählung des Ersten Lords auf so seltsame und kunstvolle Art gezeigt hat, wie böse die Vernunft sein kann, und wie sich Gut und Böse zuweilen unauflöslich miteinander vermischen, enthält sie nichts, was dazu angetan wäre, den Zuhörer richtig melancholisch zu stimmen. Denn wartete hier nicht stets die »Lösung« an der nächsten Ecke? War hier nicht stets ein Schurke zu besiegen, ein Opfer zu befreien? Gab es hier nicht – sollte jetzt ein winziger Anklang von Polemik in meiner Stimme auszumachen sein, so ist das nicht ganz unbeabsichtigt – eine unterschwellige Andeutung von »die Opfer sind selber schuld«?

(Er machte eine sorgfältig kalkulierte Kunstpause, während er nachdenklich und behutsam den Portweinbecher in seinen gepflegten Admiralshänden wog.)

– Leider muß ich vorausschicken, daß es sich mit meiner Erzählung weniger glücklich verhält. Denn wie man sie auch dreht und wendet, ist ihr kaum eine Spur von Vernunft abzugewinnen.

Für Das Ding gibt es keinen anderen Namen als Das Ding. Es ist nicht einmal sicher, ob es sich um ein Ding handelt.

Die ersten Raumfahrer, die in diesen Teil der Galaxis kamen, bemerkten zunächst überhaupt nichts Ungewöhnliches. Sie waren Menschen, organische Intelligenzen in einem hochentwickelten Stadium, die wußten, was sie taten. Sie trafen sämtliche Sicherheitsvorkehrungen, die ihnen angezeigt erschienen. Das hat ihnen nicht im geringsten geholfen. Das Ding fand man in einem Sonnensystem, das lange unentdeckt hinter dem Pferdekopfnebel gelegen hatte. Hier gab es Sonnen, die in den astronomischen Katalogen weder mit Namen noch mit Spektralklassen verzeichnet waren, hier gab es sorgsam zu meidende Doppelsterne und wandernde Neutronensterne, und hier gab es dieses und jenes Planetensystem, das mit einer gewissen Monotonie die übliche Skala von schweren, dunklen Riesenplaneten an der Peripherie bis hin zu heißen, unwirtlichen kleinen Planeten nahe der Sonne selbst aufwies. Eines dieser Gestirne wich ein wenig ab von dem üblichen eintönigen Bild toter Lavaebenen und riesiger Krater, in die Meteore und Superpartikel eingeschlagen hatten. Es war ein Planet mit einer Atmosphäre, mit Meeren und Gebirgsketten. Das einzige sichtbare organische Leben waren die primitiven Lebensformen der Meere und endlose, in Flecken sich ausbreitende flechtenartige Organismen, die ihr bescheidenes Dasein offenbar aus dem chemischen Austausch zwischen Regen und Stein bestritten.

Es war ein recht langweiliger Planet, einer, der sich in

einem sehr frühen Stadium seiner Geschichte befand, oder in einem sehr späten. Die Meeresorganismen waren flach und erinnerten an die irdischen *Ediacarana*, Kalksteinplatten, an deren Außenseite sich rudimentäre Organe befanden und komplizierte Muster bildeten, nicht unähnlich elektronischen Schaltkreisen, seltsame Arabesken, eigentlich äußerst archaisch und nur dazu geeignet, ein unsicheres Kopieren der Grundstruktur von Generation zu Generation zu garantieren. Vielleicht bildeten sie das wenig ermunternde Endstadium von etwas, das einst höher entwickelt gewesen war, oder sie waren der anspruchslose Anfang von etwas, das eines Tages kommen würde. Schon damals war das Interesse an den Planeten geschwunden, man hatte zu erkennen gelernt, daß sie primitive und meistens kaum vielversprechende Lebensbedingungen bieten. Wer nach hochentwickelten Intelligenzen sucht, muß es im Inneren der großen, dunklen Gasmassen tun, wo rätselhaft rotierende Magnetfelder und hohe Energien in der Lage sind, wahrhaft intelligente Geschöpfe hervorzubringen. Darüber begann man sich schon zu diesem Zeitpunkt klar zu werden, auch wenn man damals wie heute nicht die geringste Ahnung hatte, wie man sich einem solchen Leben nähern sollte, geschweige denn, damit kommunizieren oder es erforschen.

Nach einem mehrmonatigen Forschungsaufenthalt auf diesem Planeten war die Expedition, die nur etwa sechshundert Mitglieder umfaßte, bereits im Aufbruch, als man plötzlich Das Ding entdeckte. Die ersten, die es, plaziert an einem völlig trivialen und durchaus nichtssagenden Abhang und umgeben von schweren Lavablöcken und der üblichen Vegetation von schwarzgrauen Flechten, sahen, bemerkten es sofort wegen seiner starken Lichtreflexion.

Das Ding warf das schwache rötliche Nachmittagslicht zurück – seit einigen Wochen war nämlich Nachmittag – als wäre es ein Parabolspiegel. Als die drei ursprünglichen Entdecker, Van Horn, Sun Tang und Dahlgren, sich vorsichtig näherten, waren sie der Ansicht, sie hätten es mit einem mächtigen Block aus stark reflektierendem Mineral zu tun. Aus kürzerer Entfernung konnten sie feststellen, daß Das Ding keine merkbare Energie ausstrahlte. Es warf tatsächlich nur das Nachmittagslicht zurück. Seine Temperatur war offenbar die gleiche wie die der Umgebung.

Ihre Beschreibungen, atemlos und einigermaßen erregt an Ort und Stelle auf Band gesprochen, zeugen davon, daß sie alle denkbaren Sicherheitsvorkehrungen trafen. Aus den Aufzeichnungen, die nahezu übereinstimmen, erfahren wir, daß Das Ding offenbar nicht parabolisch ist, sondern ganz einfach ein sehr großer Block, etwa sechzehn Meter an der Basis und fast genauso hoch, daß es aus der Nähe wie ein vollständig blankpoliertes Objekt wirkt, so blank in der Tat, daß es an einen jener tiefen und etwas dunklen Spiegel erinnert, wie man sie in alten venezianischen Palästen findet. Letzteres ist die Formulierung Van Horns.

Wie nicht anders zu erwarten, versuchen die drei nach weiterer Vorsichtsmaßnahmen, zur Erkundung seiner Tiefe um den Gegenstand herumzugehen, und da kommt die wirkliche Überraschung – man hört ihre erstaunten Ausrufe und aufgeregt lebhaften Kommentare. Das Ding ist kein gewöhnlicher Gegenstand, denn ihm fehlen buchstäblich sowohl Tiefe als auch Rückseite. Sobald man in einem Winkel von neunzig Grad dazu steht, verschwindet es ganz einfach. Und von da aus gesehen, wo natürlicherweise die »Rückseite« sein müßte, ist es ganz und gar unsichtbar. Nur die übliche trostlose Lavalandschaft ist zu sehen.

Nachdem sie mehrmals diesen Gegenstand umrundet haben, der, falls er ein Gegenstand ist, anscheinend nur in zwei raumlichen Dimensionen existiert, nachdem sie ihre eigenen, topologisch völlig korrekten Spiegelbilder in seiner Vorderseite erblickt und vergeblich versucht haben, seinen unendlich dünnen Rand zu erkennen, setzen sich die drei hin, um zu beratschlagen.

Sie erörtern auf völlig rationale Art verschiedene Fragen und Alternativen. Es ist Van Horn, Sun Tang und Dahlgren völlig klar, daß sie etwas bisher nie Gesehenes gefunden haben. Sie wissen nicht einmal, ob Das Ding ein fremdartiger Organismus ist, eine ungeheuer avancierte technische Anordnung, von einer verschwundenen Zivilisation auf dem dritten Planeten aufgestellt, oder möglicherweise nur irgendein optisches Phänomen unbekannter Art.

Vielleicht gibt es hier ein unterirdisches Magnetfeld, das genau an dieser Stelle etwas Merkwürdiges in der Lichtbrechung der Atmosphäre bewirkt? Dahlgren probiert es mit der phantasievollen Erklärung, es könne das sein, wonach schon so viele Generationen gesucht hätten, ein *gate*, eines jener mythologischen Tore, von denen Die Alten gesprochen hätten, also eine Art topologischer Singularität, die es ermögliche, sich von einem Teil des Universums zum anderen zu bewegen, ohne dazwischenliegende Punkte zu passieren, oder sogar von einem Universum in ein anderes zu gelangen. Keiner hat je diese Tore des Mythos gesehen, die uns alte Raumsegler tatsächlich schnellstens bitter überflüssig machen würden. Der Gedanke daran hat jedoch nie aufgehört, die organische ebenso wie die artifizielle Vorstellungskraft anzuregen.

33

Die drei begehen jetzt ihre vielleicht erste Unvorsichtig-keit: sie lassen Dahlgren, nachdem sie hinter einem Stein Deckung gesucht haben, eine Handvoll Kies auf Das Ding werfen. Eine solche Handlung zeigt natürlich, daß die drei sich bereits in einem Zustand von Verwirrung oder Auf-regung befanden, in dem sie bereitwillig jede normale Dis-ziplin über Bord warfen. Theoretisch gesehen hätten sie schließlich diese Kieselsteine zurückbekommen können, verwandelt in ihre eigene nukleare oder protonukleare Energie. Was hätte sich ereignet, wäre Das Ding tatsäch-lich ein Tor im Sinne Der Alten gewesen? Es ist nicht aus-geschlossen, daß diese Kieselsteine nicht nur den Planeten ausgelöscht hätten, auf dem sie sich befanden, sondern die gesamte Galaxis. Wer weiß, in welchem Spannungszustand sich eine solche Seifenblasenhaut befinden kann.

Nichts Derartiges geschieht. Die Kieselsteine scheinen Das Ding völlig ungestört zu durchqueren und sind relativ leicht auf der anderen Seite wiederzufinden. Das gleiche Experiment, wiederholt mit einem größeren Stein, dann mit einem Handschuh von Dahlgren und schließlich mit einer Sauerstoffflasche, führt exakt zum gleichen Ergeb-nis. Das Ding benimmt sich, als wäre es nicht da.

Die drei begehen jetzt ihren zweiten Fehler: sie be-ginnen sich zu fragen, ob Das Ding nicht in Wirklichkeit völlig illusorisch ist, sich ganz einfach in ihnen selbst befindet, als Folge einer falsch zusammengesetzten Atem-luft, oder irgendeiner bisher unbekannten, rasch um sich greifenden Virusinfektion im Gehirn oder ähnliches.

Um herauszufinden, ob dieser sie immer stärker be-unruhigende Verdacht stichhaltig ist, beschließen sie, nachdem sie die Reihenfolge durch das Los bestimmt haben, nacheinander mitten durch Das Ding zu gehen.

Das tun sie, und äußerlich gesehen, phänomenal gesehen, geschieht absolut nichts. Jeder kommt auf der anderen Seite wieder heraus. Die Durchquerung selbst ist überhaupt nicht zu spüren. Es ist, als gingen sie durch nichts hindurch. Nicht einmal ein unbekannter Luftzug stört sie.

Und jetzt machen sie ihren dritten Fehler, möglicherweise den entscheidenden: sie beschließen, mitten durch den Spiegel, wie sie Das Ding jetzt nennen, zu ihrer ursprünglichen Position zurückzukehren, als wäre es da, obwohl es von der anderen Seite nicht zu sehen ist.

In diesem Moment kommt es zur Katastrophe.

Es ist schwierig, den genauen Hergang zu rekonstruieren. Seitdem hat es viele Hypothesen über Das Ding gegeben. Darunter die phantastische, Das Ding gehöre zur Hinterlassenschaft eines ursprünglichen Schöpfers, der sonst mit großer Sorgfalt seine Spuren in einer Galaxis nach der anderen verwischt, ja, die Welt sogar mit einem Unschärfeintervall im Wirkungsquantum verschlossen habe, nur um sich gegen allzu wißbegierige Forscher und vor allem gegen verantwortungslose Imitatoren abzusichern. Dies wäre dann also eine Ausnahme, ein kleiner Teil des ursprünglichen Baugerüsts, durch einen eigenartigen Zufall übriggeblieben auf einem unbedeutenden Dämmerplaneten in einem Sternhaufen jenseits des Pferdekopfnebels.

Es gibt andere Hypothesen, angefangen von der Idee, die drei seien in Dem Ding auf einen einzigartigen Organismus gestoßen, bis hin zur Vorstellung von einem Werkzeug, das, von einer intergalaktischen Expedition zurückgelassen, nützlich sei für den, der es zu gebrauchen verstehe, und fatal für alle übrigen. Nach einer anderen Version birgt der Planet, auf dem sich Das Ding befindet, ein Geheimnis, das so wertvoll und so furchtbar und vielleicht tief unter der Erdoberfläche versteckt ist, daß Das Ding dort plaziert werden mußte, um es zu schützen.

Allem Anschein nach geschah folgendes: die drei ursprünglichen Entdecker Van Horn, Sun Tang und Dahlgren marschierten vorsichtig und hintereinander aufgereiht zurück zur anderen Seite, wo »der Spiegel« wieder als Spiegel sichtbar werden sollte, lediglich um festzustellen, daß die drei ursprünglichen Entdecker Van Horn, Sun Tang und Dahlgren ihnen bereits entgegenkamen, ernst, hintereinander aufgereiht und mit vorsichtigen, jedoch entschlossenen Schritten.

Den wirren Aufzeichnungen, die es von dieser Episode gibt, können wir entnehmen, daß beide Gruppen sich noch nach ihrer Unterbringung in der Klinik des Raumschiffs weigerten, in der anderen Gruppe etwas anderes zu sehen als eine Illusion. Der Gedanke, ein und derselbe Mensch könne in zwei voneinander unabhängigen Exemplaren existieren, war so völlig widernatürlich und vor allem so unvorstellbar, daß weder Van Horn, Sun Tang oder Dahlgren imstande waren, ihn nachzuvollziehen. Und da beide Gruppen bis ins kleinste Detail die gleichen Erinnerungen und auch nach der Katastrophe genau die gleichen Erlebnisse hatten, ließ sich unmöglich behaupten, die eine Gruppe bestehe aus Originalen und die andere aus Kopien. Beide Gruppen mußten offenbar so ernst genommen werden, wie sie es verdienten, wenn sie behaupteten, die Mitglieder der anderen Gruppe seien monströse Kopien ihrer selbst.

Nach einer bizarren Auseinandersetzung, die rasch in Handgreiflichkeiten überging, mußten die beiden Gruppen voneinander isoliert werden. Umfassende physiologische Untersuchungen wurden durchgeführt. Biologisch waren alle sechs völlig intakt. (Dieses Wort »intakt« nimmt sich wie eine tödliche Ironie aus, wenn man die psychischen Folgen bedenkt.) Weiterhin wurde festgestellt, daß alle sechs einen völlig normalen Wasserhaushalt und sämtliche Zelltypen und Gene besaßen, die ein Mensch haben muß. Sie waren ganz einfach vollständig kopiert, das einzige, was sie unterschied, war das, was die Philosophen als numerische Differenz bezeichnen. Die kleinste Narbe, die geringste Neigung zum Rheumatismus, die dem einen eignete, fand sich auch beim anderen. Ja, selbst eine kostspielige Untersuchung des Genoms, das heißt, sämtlicher Gene zurückgeführt auf ihre kleinsten informationstragenden Bestandteile, erbrachte eine totale Gleichheit zwischen den drei Paaren. Keine fremden Substanzen, keinerlei Anzeichen einer äußeren oder inneren Beeinflussung wurden bei einem der sechs angetroffen. Ebensowenig war ein Unterschied in der Rechts- und Linkssymmetrie, wie man sie sonst bei gewöhnlichen Spiegelbildern findet, zwischen einem der drei und seinem Widerpart festzustellen.

Dies brachte einige Forscher auf den Gedanken, Das Ding sei vielleicht weniger ein Spiegel als vielmehr eine Anordnung zur Zeitverzögerung, eine minimale Falte in der Raumzeit, die imstande war, alles, was sie durchquerte, für den Bruchteil einer Sekunde festzuhalten, um den gefangenen Gegenstand danach wieder loszulassen. Selbst der kürzeste Zeitraum würde ausreichen, um alles zu verdoppeln, was diese bemerkenswerte Falte durchquerte.

Die Expedition beschloß, sobald wie möglich den *Planeten des Dings* zu verlassen, den die Behörden kurz darauf zur *Gefahrenzone ersten Grades* erklärten. Das Ding selbst wurde als *Der dunkle Spiegel in Zone 41* klassifiziert und in den interstellaren Katalog von *Der Forschung nicht ohne Sondererlaubnis zugänglichen Objekte* aufgenommen. Und in diesem Katalog steht Das Ding, soviel ich weiß, bis zum heutigen Tag.

Die psychischen Auswirkungen der Verdoppelung waren, im Gegensatz zu den physiologischen, ebenso dramatisch wie niederschmetternd. Nach mehreren Tagen ohnmächtiger Raserei versanken alle sechs Personen der Reihe nach in tiefste Depression, an der Grenze zu den kataleptischen Zuständen, die man sonst nur von den klassischen Psychosen kennt. Selbst starke Medikamente erwiesen sich als nahezu wirkungslos.

Die zweimal Geborenen – das war der Ausdruck, den man rasch für die sechs unglücklichen Opfer prägte – waren offenbar unfähig, sich mit dem Gedanken abzufinden, daß ihre gesamte Existenz von einem anderen usurpiert war. Daß der Platz, den sie in einem physischen, psychischen und sozialen Raum einnahmen, kurz gesagt, innerhalb der Menschheit, bereits von ihnen selbst besetzt war.

Nachdem *Die zweimal Geborenen* mit der gesamten Expedition wieder in der damaligen Jupiterzentrale mit ihren in jeder Hinsicht größeren Möglichkeiten eingetroffen waren, diskutierte man verschiedene Lösungen, die alle, wie sich herausstellte, mit außerordentlichen juristischen Problemen verbunden waren. Ein Vorschlag lautete, nach dem Zufallsprinzip ein Element von jedem Paar auszuwählen, und das andere zu vernichten. Dagegen protestierten sowohl Forscher wie Juristen. Die ersteren, weil sie ein Tor zu einzigartigen Erkenntnissen über die menschliche Seele damit für alle Zeiten verschlossen sahen, und die letzteren, weil sie es nicht anders nennen konnten als Mord, oder zumindest ungesetzliche Gewaltanwendung, wenn man eine Person tötete, selbst wenn dieselbe Person nach dieser Handlung noch am Leben war. Die numerische Identität des einzelnen war offensichtlich ein in alle demokratischen Rechtssysteme eingebautes Postulat, das bis dahin von keinem Juristen bemerkt worden war, und die Proteste dagegen, ein solches Postulat nur drei Personen zuliebe zu ändern, verhinderte nicht nur diese, sondern auch verschiedene andere barbarische Lösungen.

Der originellste Vorschlag war, das Leben der Drei entscheidend zu verlängern, indem man von jedem Paar eine Person auswählte und diese durch Unterkühlung in eine Art Koma versetzte, wie man es im Dunklen Zeitalter mit den Besatzungen der Raumschiffe gemacht hatte, um die damals schneckenhaft langsamen Raumfahrten mit den altertümlichen Photonmotoren zu ermöglichen. Vergeblich versuchte man die Betroffenen zu überreden, falls sie überhaupt zum Zuhören zu bewegen waren, diese Alternative zu akzeptieren. Teils würde es ja jedem von ihnen eine mindestens ums Doppelte verlängerte Lebenszeit garantieren, teils würde der Versuch eine Lebensversicherung im wörtlichen Sinn bedeuten, da einer der beiden stets in Reserve wäre, falls dem wachen Teil des Paares ein Unglück zustoßen sollte.

Die energische Weigerung der *Zweimal Geborenen*, sich mit irgendeinem Gedanken in dieser Richtung zu beschäftigen, zeigt, daß die verschiedenen Spiegelpaare, trotz einer Ähnlichkeit, die sich bis in die Intimität geringfügigster Kindheitserinnerungen und Gewohnheiten erstreckte, keineswegs nur numerisch different waren, sondern sich auch so empfanden. Die einzelnen Kontrahenten waren offenbar nicht in der Lage, sich als eine Person zu fühlen, die in zwei verschiedenen Körpern realisiert war, und beanspruchten für sich, was Van Horn so ausdrückte: »Mein Tod gehört mir«.

Das Rätsel des persönlichen Identitätsgefühls konnte dieses Experiment ebensowenig wie irgendein anderes im Lauf der Zeitalter lösen. Sämtlichen Kontrahenten war es unmöglich, das Weiterleben einer exakt gleichartigen Person als Aufhebung des eigenen Todes zu betrachten.

Der Haß zwischen den drei ursprünglichen Personen Van Horn, Sun Tang und Dahlgren und ihren entsprechenden B-Varianten (man führte diesen recht geschmacklosen technischen Ausdruck in einer frühen Phase des Experiments ein, natürlich ohne im geringsten zu wissen, wer die Kopie war und wer das Original, um wenigstens künftig etwas zu haben, *woran man sich halten konnte*) wuchs in den ersten Monaten eher, als daß er abnahm. Es kam sogar zu einem sehr unangenehmen Zwischenfall, als Dahlgren A versuchte, seine B-Variante zu erwürgen und nur durch das resolute Eingreifen von starken Krankenpflegern an der Durchführung seines Vorhabens gehindert wurde.

Dieser haßerfüllten Beziehung haftete nichts von dem an, was man gewöhnlich als »persönlich« bezeichnet. Es schien, als sei der Gedanke an eine tatsächlich existierende B-Variante des eigenen Körpers und der eigenen Persönlichkeit schlechthin zu abscheulich, um ihn auf die Dauer zu ertragen. Besonders widerwärtig war offenbar die Vorstellung, daß einem anderen Menschen sämtliche eigenen Erinnerungen zugänglich waren, sowohl die greifbaren als auch die freudianisch verdrängten, und dieser also ein entsetzlich peinliches Wissen über einen selbst besaß. (Nicht einmal das grausige alte Zweite Britische Imperium Indischer Nation hatte, trotz einer Fülle von erfahrenen Verhörleitern und wirkungsvollen Drogen, einen solch totalen Zugang zu den Geheimnissen eines Menschen wie diese.) Und nichts schuf anscheinend ein solch wechselseitiges Gefühl von Übergriff, Kränkung und Demütigung wie diese entsetzliche Erkenntnis.

Van Horn B wußte jetzt beispielsweise, welche Bilder Van Horn A in der frühen Pubertät beim Onanieren benutzt hatte, und dieses Wissen reichte aus, um eine glühende Mordlust gegen seinen Doppelgänger zu wecken, da er das Gefühl hatte, irrational vielleicht, aber unmöglich abzuschütteln, dieser lache ihn insgeheim die ganze Zeit aus.

Da die gegenseitigen Mordpläne der verschiedenen Personenvarianten allmählich immer raffinierter wurden (Sun Tang A grub sich bei einer denkwürdigen Gelegenheit mit Hilfe eines eingeschmuggelten Teelöffels durch eine Ziegelwand, in der Absicht, Sun Tang B zu ermorden, und wurde erst in letzter Sekunde durch einen elektronischen Alarm entdeckt) und ihre innere Unruhe immer mehr zunahm, hatte man gerade beschlossen, sie – trotz der Proteste der Forscher – zu trennen, das heißt, alle B-Varianten in eine andere Satellitenstation zu überführen, als jemand den glücklichen Einfall hatte, Meister J'ps um Rat zu fragen. Dieser derzeit politisch etwas inopportune, trotz allem jedoch unentbehrliche Ratgeber bekam das streng geheimgehaltene Material über den Fall in seine Zelle – er war nämlich in einer anderen, weit entfernten Klinik eingesperrt. Zur allgemeinen Überraschung las er es über

Nacht durch und notierte rasch das folgende, im Hinblick auf die Höhe des verlangten Beraterhonorars (von dem er natürlich keinen roten Heller erhielt) recht nachlässige Gutachten auf das letzte Blatt des Dossiers:

Du bist, der du bist. Und du bist immer ein anderer als der, der du bist. Wenn diese drei Patienten einsehen, daß dies für alle Menschen gilt, daß jedoch nur sie allein in der Weltgeschichte die einzigartige Gelegenheit bekommen haben, diesen Sachverhalt zu demonstrieren, wird alles gut werden. Habt deshalb Geduld mit den sechsen, doch haltet sie noch eine Zeitlang voneinander getrennt. Übrigens ist das Brot, das ich bekomme, immer verschimmelt: könnten die Hochgelehrten Behörden auch an dieser Sache etwas ändern?

Natürlich hatte Meister J'ps wie üblich recht:

Die ersten Anzeichen einer Veränderung zeigten sich bei Dahlgren B. Dahlgren, das Original also, mit anderen Worten Dahlgren A, hatte man zum Zwecke der Identifikation mit einer winzigen Tätowierung des Buchstabens A unter dem Kinn markiert. Sechs Wochen nach dem Gutachten von Meister J'ps löste diese Tätowierung eine Hautreizung aus, einhergehend mit einer leichten Rötung. Dahlgren A nahm die Gewohnheit an und behielt sie auch nach dem Abklingen der Reizung bei, sich nervös unterm Kinn zu kratzen. Eine entsprechende Gewohnheit fand sich keineswegs bei Dahlgren B und war auch durch künstliche Hautreizung nicht herbeizuführen.

Nicht genug damit. Dahlgren A gewöhnte sich fast gleichzeitig einen neuen, etwas überheblichen Tonfall an und begann sich für Friedrich Nietzsches Philosophie zu interessieren. Keine dieser Eigenheiten war bei Dahlgren B zu beobachten, ja, sie ließen sich nicht einmal bei ihm hervorlocken. Nach wenigen Monaten erwies sich Dahlgren B allmählich als der bescheidene, sehr ruhige Forscher, der seine A-Variante immer gewesen war, während Dahlgren A tatsächlich eine Spur unangenehm und hochnäsig wurde.

Gleichzeitig traten bei den übrigen ähnliche geringfügige Unterschiede auf. Die Originale und die Kopien (jeder hielt sich selbstverständlich für das Original, doch die Behörden bestanden auf der Verwendung dieser Begriffe) entwickelten sich immer mehr auseinander.

Sun Tang A entwickelte ein nahezu manisches Interesse für Kartenspiel, weil einer seiner Pfleger diesem Zeitvertreib frönte, während Sun Tang B derlei Zerstreuungen nichts abgewinnen konnte, und zeigte – was am merkwürdigsten war – tatsächlich ein gewisses Talent fürs Glücksspiel. Van Horn B befiel ein langwieriger Bronchialkatarrh, und in dieser Zeit fing er an, populärwissenschaftliche Mathematikbücher zu lesen und einen mathematischen Bildungsweg einzuschlagen, auf dem er es sehr weit bringen sollte.

Kurz gesagt: die Instabilität der menschlichen Existenz, die Meister J'ps so klug vorausgesagt hatte, wurde auf wundersame Weise vom weiteren Verlauf des Experiments bestätigt. Offenbar ist es so, daß zwei qualitativ identische, aber numerisch differente Menschen mit identischen Erinnerungen und identischem Charakter nicht besonders lange gleichartig bleiben. Wo immer sich eine kleine Gewohnheit rührt, entsteht ja sozusagen eine ganz neue mentale Perspektive, jede Erinnerung, die die Persönlichkeit birgt, ist ja prinzipiell im Lichte jeder neuen Erfahrung umzudeuten, jeder Augenblick unseres Lebens schließt in sich all die vorhergehenden ein wie Ringe von einem ins Wasser geworfenen Stein. Nicht einmal das Gedächtnis ist daher ganz konstant, es kann sich in ganz verschiedene Richtungen entwickeln.

In Wirklichkeit schlagen wir alle in jedem Augenblick neue Wege ein; neue Erlebnisse werfen ein neues Licht auf die alten, und alles steht ununterbrochen zur Wahl. Der gutgläubige Idealist wird mit der Zeit zum kalten Zyniker; der alte abgesetzte Diktator entwickelt sich im Exil zum zärtlichen Fütterer der Tauben in seinem Garten; die heißblütige junge Hetäre zur intriganten ältlichen Hofdame.

Wir alle wählen uns in jedem Augenblick weg, ebenso wie wir uns in jedem Augenblick neu wählen. Das Interessante an den »zweimal Geborenen« ist, daß eine seltsame Natur sie für kurze Zeit denjenigen sehen ließen, den sie weggewählt hatten, bevor er für immer hinter dem Horizont der Erinnerung und der Zeit versank. So leben wir und nehmen immer Abschied.

Was dann geschah, ist manchmal als Wunder bezeichnet worden. Die sechs genasen. Von ihren späteren Lebensschicksalen ist nichts anderes bekannt, als daß Van Horn B in die Geschichte einging als der Urheber von *Van Horn B's Großem Satz*, ein sehr bekanntes, unbewiesenes, aber auch nie widerlegtes Theorem über jede mögliche Banachalgebra. (Heute nennt man es oft fälschlicherweise nur »Van Horns Großer Satz«.) Die übrigen fünf verschwanden anscheinend in der Dunkelheit und im Vergessen der Geschichte. Paradox genug, würde vielleicht jemand sagen.

Töricht, wer nicht seine Freiheit im Fluge fängt.

4.
(Niederfahrt in die Porosität)

Seit einigen Stunden ließ sich Fredegesius von Tours hören. Immer klarer drang sein munteres, höchst informationsträchtiges Signal durch das unregelmäßige Rauschen der Orthwolke.

Während man sich mit heiterem Beisammensein und mancherlei Erzählung die Zeit vertrieben hatte, beschleunigte das Schiff, nun schon seit Monaten. Es fuhr nicht mehr mit dem gemächlichen Tempo eines Radlers auf einer ansteigenden Strecke, sondern bereits bedeutend schneller als die Kartätsche einer explodierenden Granate. Im Salon war davon nichts zu merken; tatsächlich gibt es keinen Ort, nicht einmal auf dem solidesten Riesenplaneten, wo alles so ruhig ist wie in einem Sonnenwindsegler. Kein Klirren in einem Kristallüster, keine Flaschen, die aneinanderstehend leise singen. Alles steht da, wo es hingestellt wurde, und gerade die beständig zunehmende Stille im Raum ist ein Zeichen dafür, daß das Schiff sich zu höheren Geschwindigkeiten steigert. Eine Vogelfeder würde in einem solchen Raum auf den Marmorboden fallen, ohne auch nur einen Millimeter von ihrer aerodynamisch optimalen Bahn abzuweichen.

Wie alle interstellaren Sonnenwindsegler stieg auch *Pascal II* in einem Winkel von neunzig Grad zur Ebene des Sonnensystems auf (oder ab), es war der normale Weg hinaus, da er das Risiko von Zusammenstößen minderte. Diese selbstverständliche Route hatten Die Alten eigentümlicherweise nie entdeckt. Möglicherweise deshalb, weil ihre organische Natur, formbar wie sie war, ihnen nie erlaubt hätte, diese letzte Verbindung mit ihrer Welt aufzugeben, dieses letzte schwache Glied zu einer Welt aus Stein, Licht, Bäumen, Winden, strömendem Wasser. Den eigenen Planeten zu verlassen, indem man sich an der flachen Scheibe des Systems entlangbewegt, erschien Den Alten trotz allem sicherer als die schwindelerregende Klettertour hinauf (oder hinab) ins Nichts.

Hier draußen herrschte schon die große Leere, nein, nicht das, was die Raumfahrer Die große Leere nennen, denn das ist die Leere zwischen den Galaxien, die vielleicht noch kein lebendes oder totes Geschöpf je bereist hat, sondern die relativ große Leere, die nur abgelöst wird vom schwachen Licht der Orthwolke.

Hier begegnet dem Reisenden – für sehr lange Zeit – nichts als die joviale Navigationsboje Fredegesius von Tours, paradoxerweise nach dem düsteren Domherrn am Hofe Karls des Großen benannt, dem Verfasser der einst so berühmten Abhandlung »De nihilo et tenebris«, einem Werk, das, nebenbei bemerkt, den ganzen für Die Alten so charakteristischen Schrecken vor dem Nichts ausdrückt, das für jede unorganische Intelligenz so unfaßlich ist. Solche Sorgen kannte Fredegesius nicht. Eine riesige Radiosonde mit beträchtlicher Lauschkapazität, nichts anderes eigentlich als eine gigantische, goldglänzende Radarkuppel, eine hochkonzentrierte Kugel von nie ermüdender Aufmerksamkeit, die von einer bedeutenden artifiziellen Intelligenz gelenkt wurde, war die Boje die erste in einer langen Reihe von hervorragenden Marken und Leuchtfeuern. Eine Kette von solchen Bojen führte den Segler auf sicherer Spur durch die Fährnisse der Orthwolke, hinein in den freien Raum, wo er ohne weitere Schwierigkeiten in die problemlosere Sphäre der Hohen Geschwindigkeiten eintreten kann. Ach, seit Jahrhunderten war all das Routine, und langweilig genug!

Auf verschiedenen Kanälen beschrieb Fredegesius von Tours, welche »Fenster« in den nächsten dreißig Tagen für die Passage durch die Orthwolke geöffnet waren, warnte vor rasch veränderlichen Ausläufern der Wolke und überschüttete das ziemlich umfangreiche Kurzzeitgedächtnis von *Pascal II* mit endlosen Zahlenkolonnen, während der Hauptkanal sich angeregt mit dem Fünften Lord unterhielt.

– Your Lordship friert nicht an den Füßen?

– Nicht mehr als your Lordship an der Nase friert.

– Steht your Lordship noch immer im selben Fluß?

– Ja, aber nur bei Vollmond, your Lordship.

– Und fängt your Lordship noch immer dieselbe Forelle?

– Man kann nicht zweimal denselben Fisch fangen, your Lordship.

Es waren die alten Scherze, die nun schon seit ungefähr hundert Jahren ausgetauscht wurden, offenbar unverwüstlich und für Außenstehende schwer zu verstehen. Die Konversation mit Fredegesius dauerte geraume Zeit, doch schließlich konnte der Erzähler seinen Platz am Tisch wieder einnehmen.

– Wir beschleunigen, meine Herren, wir sind schon bei ein paar hundert MACH, und Fredegesius wacht in der Dunkelheit. Er ist ein heller Kopf, wenn die Herren diesen Witz gestatten. Übrigens frage ich mich, ob einer der Herren Gelegenheit hatte, sich mit dem bedeutenden Denker des frühen Mittelalters bekannt zu machen, der dieser jovialen Fahrwassermarke ihren Namen gegeben hat: mit dem Domherrn Fredegesius von Tours, der zum Hofe Karls des Großen gehörte und von allen philosophischen Autoritäten seiner Zeit befehdet wurde.

Fredegesius, der Domherr von Tours also, dieser große Denker in einem karolingischen, so frühen, so primitiven Europa, daß es eigentlich noch keinen Platz hatte für Philosophen, schreibt in »De nihilo et tenebris« den bemerkenswerten Satz

Videtur mihi nihil aliquid esse

oder, mit anderen Worten: Es scheint mir, als ob nichts etwas sei. Es gibt verschiedene Spuren einer Erörterung dieser Frage. So entnehmen wir einer Aufzeichnung von Alkuins Gesprächen mit dem jungen Karl dem Großen, daß dieser Lehrer fragt Ut aliquid potest esse et non esse? oder: Ist es möglich, daß etwas sowohl ist als auch nicht ist, eine Frage, die sicherlich von Fredegesius' seltsamer Äußerung inspiriert ist. Und brav antwortet der junge Prinz, der bald der Gründer des Karolingischen Reiches sein wird, Erbauer jener neuen Welt, die mit ihren drainierten Sümpfen den marodierenden ungarischen Reiterscharen Tod und Verderben bringen und den Anfang von etwas Neuem und das Ende vieler dunkler Jahrhunderte bedeuten wird: *Nomen est. Res non est.*

Der Name ist. Das Ding ist nicht. Doch hat sich nicht seitdem der Verdacht eingeschlichen, daß etwas immer in die Welt hineinkriecht, sobald wir einen Namen dafür erfinden?

Wie dem auch sei, hier draußen in den Grenzgebieten der Großen Leere zwischen der Orthwolke und dem reinen Nichts, hier draußen wacht über uns die Boje, der

Fredegesius seinen Namen geliehen hat, und hält uns die Furcht vom Leibe, das schiere Nichts könnte bevölkert sein.

Nicht ohne einen gewissen Schauder betrete ich, um ehrlich zu sein, diese Sektoren, denn hier hatte ich am Ende des intergalaktischen Krieges ein Erlebnis, das bisher durch nichts übertroffen wurde.

Einige Physiker mit für damalige Verhältnisse eher unkonventionellen Ansichten haben ja schon in der Alten Zeit von der Möglichkeit gesprochen, die Gesetze des Universums könnten nicht ganz gleichförmig gültig sein. Warum sollten sie das? Vielleicht fiel es Den Alten so schwer, sich ungleichmäßig verteilte Gesetzmäßigkeiten vorzustellen, weil es ihrer eigenen biologischen Natur widersprach. Eine nicht-lineare Dynamik überstieg für lange Zeit ihr Vorstellungsvermögen. Wenn der eine oder andere von Den Alten hin und wieder bemerkte, es sei möglich, daß diese »Gesetze« in Wirklichkeit Phänomene *örtlicher* Natur seien und keiner so genau wissen könne, wie weit ihre Herrschaft reichte – ja, da tat man ihn meistens als Phantasten ab, und damit basta.

Daß im Universum vier Kräfte existieren, die Schwerkraft, der Elektromagnetismus, die schwache und die starke nukleare Kraft, die sich nicht auf eine gemeinsame zurückführen lassen, das machte man sich ziemlich früh klar und ärgerte sich darüber, aber keiner wagte so recht den Schluß daraus zu ziehen, es könnte vielleicht tatsächlich möglich sein, daß die verschiedenen Kräfte nicht das geringste miteinander zu tun hatten. Wie wir mittlerweile wissen, stammen sie aus ganz verschiedenen Epochen der Geschichte des Universums, doch über ihre relative Ausbreitung ist natürlich nichts bekannt, da wir nichts über den ungeheuren dunklen Raum jenseits der Galaxien und Sternennebel wissen. Wer sie der Reihe nach einführte, ob es ein Schöpfer war, der sukzessive sein Programm verbesserte, oder ob es mehrere Schöpfer gab, die im gleichen physischen Raum miteinander konkurrierten, auch darüber wissen wir nichts. Und vielleicht ist es ja so, meine Herren, daß wir, wir selbst, genau dieses Universum erschaffen. Denn wären seine Schwerkraftkonstanten ein klein wenig anders, wären auch wir nicht möglich und könnten nicht hier sein, um zu beobachten, was geschieht.

Man findet die Welt, die man beobachten kann, wie ich zu sagen pflege. Das ist es, was die launige Radioboje Fredegesius mit ihrem Witz über die Forelle sagen wollte. Der gute Mann ist – wie soll ich sagen? – ein wenig sublim. Aber er ist durch und durch harmlos. Er ist der Freund der Raumfahrer, und wie alle seine Brüder auf dem Weg, der hinausführt in den Hyperraum.

Die Annahme, es gäbe tatsächlich schon im örtlichen Universum Blasen oder Ausbuchtungen von probabilistisch unsicherem Raum, Löcher im Schweizerkäse, wo Das große Nichts noch in ungestörter und souveräner Jungfräulichkeit verweilte, gehört zu den Vermutungen, die in der Vorzeit die Freunde der Ordnung irritierte. Aber wie hatte man sich diese Blasen vorzustellen? Was ging in ihrem Inneren vor? Konnte überhaupt etwas in ihrem Inneren vorgehen?

Natürlich müssen wir genau unterscheiden zwischen solchen Blasen und den physikalischen Singularitäten im Zentrum der Galaxien, die in Wirklichkeit zu ihrer komplizierten topologischen Struktur gehören, »schwarze Löcher«, wie Die Alten einigermaßen exzentrisch diese Verdichtungen der Raumzeit nannten, zugleich erschaffend und zerstörend. Diese Singularitäten sind seltsame, aber logische Konsequenzen einer Welt, die topologisch und physisch für das genommen wird, was sie ist. Sich einen Bereich vorzustellen, der buchstäblich aus Nichts besteht, ist etwas ganz anderes. Denn welche Logik sollte im Nichts herrschen? Wie sollte das Nichts gekrümmt oder gefaltet sein? Wie sollten sich die Wahrscheinlichkeiten im Nichts verteilen?

Poröser Raum ist ein Begriff, der in einer so illustren Gesellschaft wie dieser nicht unbekannt sein dürfte.

Man hat ja schon davon gesprochen, lange bevor ihn jemand wahrgenommen hat. Ich glaube, ich bin einer der ersten, der diese Erfahrung tatsächlich gemacht hat. Es ist ein Erlebnis, das man nie mehr vergißt.

Es war am Ende jener historischen Episode, die man mit der merkwürdigen Bezeichnung Intergalaktischer Krieg versehen hat. (Gab es im Lauf der Weltgeschichte jemals einen Krieg, der über die Galaxis hinausging? Meines Wissens nicht.) Ich patrouillierte mit der Schlachtflotte III im Grenzgebiet der Großen Tiefen, und zwar als Kapitän des Kreuzers *Anaxagoras*, eines schnellen und gut bewaffneten Schiffs, was mich nicht weniger nervös machte. Zu diesem Zeitpunkt hatten die Gnomiden ein fabelhaftes Geschick darin entwickelt, sich zu verstecken, und die Bewachung des Tiefengebiets war etwa so, wie wenn bei Den Alten jemand in einem Porsche mit hundertfünfzig Stundenkilometern auf einer Landstraße fuhr und ständig in Gefahr war, auf der nächsten Hügelkuppe einem Lastwagen von der Größe eines Öltanks zu begegnen. (Damals waren wir ja noch recht beeindruckt von den ungeheuren

Dimensionen der Gnomidenschiffe. Erst später haben wir gelernt, die Größe in einen Nachteil für sie zu verkehren. Aber das ist eine andere Geschichte.)

An einem Nachmittag im dritten Monat eines solchen Patrouillenauftrags habe ich das unangenehme Gefühl, daß irgend etwas nicht ganz stimmt. Einige Präzisionsinstrumente beginnen auszuschlagen, nur minimal, was darauf hindeutet, daß die Massenverteilung im Raum um mich nicht ganz homogen ist. Ich argwöhne, daß irgendein verdammtes gnomidisches Schiff in einer Gravitationsmulde etwas weiter oben in der Fahrrinne versteckt liegt und sämtliche Waffensysteme entsichert.

Aber es waren keine Feinde. Es war poröser Raum. Ein großes Gebiet, porös wie Schweizerkäse.

Man hat sich ja verschiedentlich Gedanken darüber gemacht, was passiert, wenn man zufällig eine Blase durchquert. Ich kann versichern, es passiert gar nichts. Vorerst, meine ich. Keine heftigen Erschütterungen, keine vernichtenden Explosionen. Das Nichts gibt sich auf eine Art zu erkennen, die seiner Natur entspricht, als nichts.

Die Anzeichen, an denen man es erkennt, sind ziemlich subtil. In meinem Fall war es so, daß ich eine Schublade meines Schreibtischs herauszog (wie die Herren wissen, ist meine Vorliebe für altertümliche Gegenstände und Utensilien genauso groß wie für altmodisch korrekte Konfiguration und Uniformierung), um ihr ein Parallellineal zu entnehmen, mit dem ich kontrollieren wollte, ob ich die richtige Position habe im Verhältnis zur Linie der Bojen »unter Land«. Eben die Linie, die mit Fredegesius beginnt. Ich hatte nämlich ein starkes, jedoch intuitives und ganz unerklärliches Gefühl, daß irgend etwas ganz und gar nicht stimmte.

Ich ziehe also die Schublade heraus, entnehme das Parallellineal und lege es vor mich auf den Tisch, als ich – zugegebenermaßen ziemlich fassungslos – feststelle, daß da schon dasselbe Lineal liegt! Ich habe zweimal denselben Gegenstand gefunden! Ich erwäge etwa hundert verschiedene Erklärungen, während ich langsam die beiden Lineale in den Händen drehe. Sie sind exakt gleich! Die einfachste Erklärung ist ja, daß es vielleicht die ganze Zeit schon zwei gleiche Lineale gegeben hat. Ein Mißverständnis bei dem Lieferanten, der meine ursprüngliche Ausrüstungsbestellung gelesen hat! Ja, zu einer derartigen Erklärung würde man sozusagen auf dem festen Lande greifen.

Hier draußen aber im Hyperraum ist das eine andere Sache. Sich mit einer sogenannten natürlichen Erklärung zu begnügen, bedeutet hier in der Regel, sein eigenes Todesurteil zu unterschreiben. Entschlossen ziehe ich eine andere Schublade heraus, in der oberen rechten Ecke eines massiven alten Kartenschranks aus Eiche, den ich damals zu meinem Vergnügen stets auf meine Expeditionen mitnahm. Darin liegt das gleiche Parallellineal, jetzt schon das dritte Exemplar! Wie ich es auch drehe und wende, ich kann nicht finden, daß es sich auch nur in der winzigsten Einzelheit von den beiden anderen unterscheidet, die ich bereits gefunden habe. Natürlich konnte ich der Versuchung nicht widerstehen, aus verschiedenen Schubladen noch weitere sechs Parallellineale hervorzuholen, doch als sie auf dem Kartentisch vor mir lagen, wirkten sie so erschreckend, daß ich rasch das ganze Bündel in eine andere Schublade steckte.

Ich glaube, die beste Möglichkeit, dieses Erlebnis zu beschreiben, ist die eines Zustandes, in dem die armen Dinge plötzlich *das Gedächtnis verloren haben*.

Wir sind genau wie Die Alten stets von einer Voraussetzung ausgegangen, die wir für gegeben hielten, die es aber offenbar – das erkannte ich in diesem Augenblick – nicht ist. Daß es nämlich eine selbstverständliche Eigenschaft der Dinge sei, selbst darüber Bescheid zu wissen, wo sie sich befinden. Galaxien, Kaffeetassen, Parallellineale *behalten in Erinnerung*, wo sie sein sollen, und bleiben dort. Wir brauchen uns nicht für sie den Kopf zu zerbrechen. Wenn wir eine Schublade herausziehen, zwingen wir nicht die Dinge hervor, die wir darin erwartet haben, einfach indem wir die Schublade herausziehen.

Genaugenommen war diese Annahme jedoch ganz willkürlich. In der normalen Welt gilt sie auf der Ebene der großen, sichtbaren und berührbaren Dinge. Auf der Ebene der Elementarteilchen hingegen nicht. Da gibt es ein Wahrscheinlichkeitsintervall für das Quantum, und es erstarrt zur Wirklichkeit, sobald wir sozusagen die Schublade herausziehen. Warum ist es nicht genauso auf der Ebene der großen, sichtbaren und berührbaren Dinge? Fragt mich nicht – ich habe die Physik nicht erschaffen. Ich kann nur berichten, was ich erlebt habe, und das ist, daß im porösen Raum alle Gegenstände sich auf die gleiche Art verhalten.

In den folgenden Minuten entnahm ich der mittleren, eben noch so leeren Schublade einen Schnurrbartkamm, drei Turteltauben (die hysterisch im Kommandoraum herumflatterten und ihren widerlichen Kot in gefährlicher Nähe der empfindlichen großen Tastatur absetzten) und noch einige andere Gegenstände, die so abscheulich, so wesenlos in ihrer zerstreuten Gegenwart waren, daß ich sie schleunigst wieder zurücklegte. Ich habe keinen Namen dafür, ich habe etwas Derartiges noch nie gesehen, aber sie müssen in meinem Gedächtnis, in meiner Phantasie existiert haben, in meinen tiefsten Wünschen vielleicht.

Ich habe den porösen Raum als einen Bereich beschrieben, in dem die Dinge ihr Gedächtnis verloren haben und sich statt dessen plötzlich dankbar auf unser eigenes Gedächtnis verlassen, demütig sich den Plätzen unterordnend, die wir ihnen zuweisen. Es gibt aber noch einen anderen Aspekt der Sache, der mir in dem Augenblick bewußt wurde, als ich mich daran erinnerte, daß die gnomidische Flotte sich irgendwo in der Umgebung befinden konnte. Poröser Raum ist ein Raum ohne Gesetze. Gewiß, aber man kann auch sagen, es ist ein Raum, den noch kein Gesetzgeber in Anspruch genommen hat.

Plötzlich begriff ich, warum sich in diesem seltsamen Raumsektor (von dessen Größe ich keine Ahnung hatte) die Parallellineale so höflich verdoppelten und die Tauben so liebenswert aus alten Eichenschränken flatterten. Der Grund dafür war, daß *ich und kein anderer hier bestimmte*. Indem mein Schiff und ich in dieses unbesetzte Gebiet eingedrungen waren, diktierten das Schiff und ich seine Physik, seine Ontologie, ja, alles, was irgendwie als seine *Gesetze* gelten konnte. Sich im porösen Raum zu befinden, das war in gewisser Weise genauso, als sei man in einer Fiktion eingeschlossen und zugleich ihr Herr. Ich befand mich in einer Welt, die nur mein eigener Erfindungsreichtum begrenzte, war der Dichter und zugleich eine erdichtete Figur in meiner eigenen Dichtung. Wer die sogenannte *Kleinsche Flasche* kennt, wird verstehen, was ich meine.

Ich hatte die Gnomiden fast schon vergessen, als das erste gnomidische Schiff, ein Schlachtkreuzer von solchen Dimensionen, daß es mein eigenes Schiff einem Leuchtkäfer gleichen ließ, der mit seinem schwachen grünen Licht die Krone einer Eiche umschwirrt, seine entsetzliche Gegenwart auf allen meinen Bildschirmen kundtat. Es war nur eine Haaresbreite von mir entfernt, etwa 52000 nautische Meilen, fast als sei es aus einem Hinterhalt hervorgesprungen. Mir wurde klar, wäre der Kapitän des feindlichen Schiffes zum gleichen Ergebnis gekommen wie ich, oder wüßte er, genauer gesagt, was ich über den porösen Raum wußte, so würde ich jetzt nicht mehr existieren. Er hätte mich bereits vernichtet. Also wußte er es nicht. Andererseits bedeutete die bloße Anwesenheit seines Schiffs natürlich eine Art von Besitzergreifung »meines« Raums, des Raums, in dem ich eben noch in probabilistischer Freiheit meine Schöpferrolle hatte spielen können.

Was ich tat? Ja, was hättet ihr getan? Den feindlichen Schlachtkreuzer vernichten, indem man ihn »vergaß«, aus der Erzählung ausschloß? Eine naheliegende Idee, die jedoch nicht ganz schlüssig ist. Denn wie konnte ich wissen, mit welchen verborgenen Eigenschaften er allein durch seine Gegenwart meinen eben noch jungfräulichen Weltraum ausgestattet hatte? Würde ich ihn zerstören können, ohne selbst unterzugehen? Ihr müßt bedenken, wenn dies eine Fiktion war, dann eine, zu der ich selbst als eine der erdichteten Gestalten gehörte. Oh nein, so leicht ging das also nicht.

Ihn immer unwahrscheinlicher machen? Die Wahrscheinlichkeit seines Eintreffens über immer weitere Raumsektoren ausbreiten? Aber er *war* ja schon da, die Schublade war sozusagen herausgezogen. Ach nein. Ich ließ mir etwas viel Besseres einfallen. *Ich machte ihn zu meinem eigenen Schatten.*

An diesem Punkt schien der Fünfte Lord in tiefes Nachdenken zu verfallen. Nach einer Weile sah er auf und fuhr fort:

– Nun, gewiß drücken diese Worte die ganze Sache nicht sehr deutlich aus. Aber das war, was ich tat. Systemtheoretisch könnte man es so formulieren, daß der gnomidische Schlachtkreuzer mit allem, was er enthielt, ein Unterprogramm meines eigenen Programms ist. Ja, meine Herren (und die Augen des sonst so leutseligen Lords verengten sich auf nahezu bedrohliche Weise), meine Herren, man kann es so ausdrücken, daß ich tatsächlich meinen Feind verschluckt habe. Schrecklich primitiv, nicht wahr? Aber es klappte. Wer hat seither von einer gnomidischen Kreuzerflotte gehört? Sie hat sich offenbar in Luft aufgelöst, oder?

Oder wäre es möglich, daß es sie nie gegeben hat? Wir verließen den porösen Raum genauso unmerklich wie wir in ihn eingedrungen waren. Ohne Erschütterungen, ohne eigenartige Schwindelanfälle oder elektrische Entladungen. Aber natürlich hat man keine Garantie dafür, daß man in *dasselbe* Universum zurückkehrt, das man verlassen hat. Theoretisch könnte man in ein Universum gelangen, das so radikal fremd ist, daß man nichts davon versteht. Ich vermute, die Auswahl ist bis zu einem gewissen Grad durch die Gesetze der Universen begrenzt, in denen ich mich aufhalte. Man könnte in kein Universum mit einer so niedrigen Gravitationskonstante geraten, daß es nie Sterne gebildet hat. Denn in diesem Fall könnte man selbst nicht darin existieren.

Das Universum, in das wir hinausgelangten, machte zunächst einen völlig ordnungsgemäßen Eindruck. Alles war genauso, wie es sein sollte. Die Gase kondensierten bei der richtigen Temperatur, die Grundstoffe hatten genau das Atomgewicht, das sie haben sollten, das Spektrogramm der Sterne und Gasmassen sah genauso aus, wie es sollte.

Tatsächlich dauerte es mehrere Jahrzehnte, bis ich, vor allem durch das genaue Studium einiger historischer Werke, allmählich erkannte, daß wir nahe, sehr nahe an unserem Einstiegsort wieder aus der Porosität herausgekommen waren, jedoch nicht an *exakt* derselben Stelle.

»Der sogenannte Stahlpakt zwischen Reichskanzler Adolf Hitlers Deutschland und den Vereinigten Staaten von Amerika wurde kurz nach Präsident Huey Longs überwältigendem Sieg bei den amerikanischen Wahlen unterzeichnet, das heißt, im Oktober 1936.«

5.
(Von Zeitschleifen und
eigentümlich wiederkehrenden
Fremden)

»Der sogenannte Stahlpakt zwischen Reichskanzler Adolf Hitlers Deutschland und den Vereinigten Staaten von Amerika wurde kurz nach Präsident Huey Longs überwältigendem Sieg bei den amerikanischen Wahlen unterzeichnet, das heißt, im Oktober 1936. Das erste Opfer des Pakts war die Konstitution; die Massenhinrichtung sämtlicher Mitglieder des Obersten Gerichtshofs der USA in einer Garage im Westen Washingtons in der Nacht zum 23. Oktober 1936 gehört zu den tragischen Übertreibungen, die spätere Generationen von Historikern nicht zu Unrecht dem großen Präsidenten, dem Bezwinger Japans, dem Reformator Rußlands, dem Schöpfer der *Pax Nuclearia* zum Vorwurf gemacht haben.

Dieser Pakt brachte nicht nur unfaßliches Leid über zahllose Menschen. (Zu Huey Longs schwersten Verbrechen gehört sein systematischer Massenmord an der schwarzen Bevölkerung der USA, die zuerst in Konzentrationslager gesperrt und dann nach den gleichen grotesken Richtlinien ermordet wurden, wie sie die deutschen Waffenbrüder ein Jahrzehnt später anwenden sollten, nach der siegreichen Kampagne gegen England und Frankreich.) Er bedrohte nach und nach die ganze Menschheit mit vollständiger Ausrottung, seit die USA Ende der 1980er Jahre mit der

Entwicklung von Atomwaffen begonnen hatten. Zahllos sind die Verbrechen, die dieser Stahlpakt während seines achtzigjährigen Bestehens auf sich lud, bis er schließlich selbst, wie alle anderen großen Unterdrückungsmaschinen der Geschichte, einer völlig überraschenden Gegenkraft unterlag. Jedoch erst, nachdem er eine 170 Jahre währende Friedensperiode bewerkstelligt hatte, was einige spätere Beurteiler diesem Zeitalter zugute halten.«

– Was ist das für ein Buch, in dem Eure Lordschaft liest? fragte der Vierte Lord, während der Fünfte Lord liebevoll die Seiten eines schweren Foliobands umblätterte, illustriert mit vergilbten Photographien von mächtigen Panzerkolonnen im Aufmarsch durch verwüstete Frontlandschaften und schwarzen Gefangenen hinter endlosen Stacheldrahtverhauen. Ein Buch, dessen schöner Ledereinband die Spuren vieler Generationen von Lesern trug.

– Oh, nur ein Geschichtsbuch, erwiderte der Fünfte Lord gedankenvoll. Eines, das ich in meiner Jugend in einem Antiquariat in Shanghai entdeckt habe, recht exklusiv vermutlich, aber damals nicht sehr teuer. Es ist, wie die Herren sehen, an einer Ecke ein wenig angesengt. Jedenfalls grüble ich oft, wenn ich vom Stahlpakt lese, über die vielfältigen Ironien der Weltgeschichte nach.

– Für uns, die wir über ein – soll ich sagen tieferes? – historisches Wissen verfügen, ist es ja offensichtlich, daß dieser ganze grauenhafte Stahlpakt hätte vermieden werden können, wenn ein einziger Mann, der sich am achten September 1935 im Amerikanischen Krankenhaus in Paris befand, statt dessen in Baton Rouge in Louisiana gewesen wäre.

Leider war er nicht da.

Was für eine spannende Erzählung hätte man schreiben können über sein Scheitern, und wie er bis zuletzt darum kämpft, den Lauf der Geschichte zu verändern und eine unermeßliche Katastrophe zu verhindern. Wie er aber zu spät kommt, weil er an einer der letzten Straßenecken vor dem Repräsentantenhaus in Baton Rouge den rechten Vorderreifen seines Packard Modell 1934 plattgefahren hat. Oder wie der Große Gouverneur ausgerechnet an diesem Tag eine schwere Grippe bekommt.

Nein. Er war nicht da. *Aber er kam hin.*

Denn, und das ist die Pointe meiner Geschichte, jemand schickte ihn dorthin. Jemand, den nicht einmal wir im mindesten kennen. Das ist es, meine Herren, was dieses Buch so einzigartig macht. Es ist das einzige Exemplar, das jemals aufgetaucht ist, und ich war es, der es im Herbst 1967 in einer Buchhandlung in Shanghai entdeckte, kurz nachdem die große Kulturrevolution verebbt war. Aus welcher Klosterbibliothek mögen die kulturrevolutionären Banditen diesen Band geraubt haben? Aus welchem privaten Bücherbestand mag er stammen? Und wie konnte er dem Feuer entgehen? Oder hat irgend jemand ihn absichtlich hinterlegt, damit er früher oder später wieder aufgefunden wird? Vielleicht, um die Eitelkeit einer äußerst dünkelhaften Person zu befriedigen. Eine übermenschliche Eitelkeit.

Vergebt mir – ich merke, ich spreche in Rätseln, und das gefällt auch mir nicht. Laßt uns also noch einmal von vorn anfangen!

Ruhig klappte der Fünfte Lord den kostbaren Band zu. Jedoch nicht, ohne ein Pik As aus der rechten Westentasche an die Stelle zu legen, wo er seine Lektüre unterbrochen hatte.

– Ich glaube, sagte er, wir sollten diese Erzählung noch einmal neu beginnen. Diesmal aber in dem Genre, das die klassische Antike mit dem eigentümlichen Begriff *Science Fiction* bezeichnet hat:

– Hätte Louisianas populistischer und zutiefst antisemitischer Gouverneur Huey Long die demokratische Nominierung des Jahres 1936 über Franklin D. Roosevelt gewinnen können? Tatsache ist, daß er noch in der verhängnisvollen Septemberwoche 1935 eine Gesetzesänderung in seinem eigenen, praktisch schon seit Jahren mit einem Einparteiensystem regierten Bundesstaat durchgesetzt hatte, die es ihm ermöglichen sollte, die Primärwahl in Louisiana zu gewinnen, ohne seine lokale politische Position zu riskieren.

Wie hätte dieser untersetzte, kompakte Mann mit seinen Notstandsgesetzen, seinen grob rassistischen Angriffen auf Gesinnungsgegner, sich bei Hitlers Angriff auf Polen verhalten? Auf Pearl Harbour? Wäre er ein geeigneter Partner für Winston Churchill gewesen?

Bekanntlich bleibt uns die Stellungnahme zu diesen kontrafaktischen Fragen erspart, fuhr der Fünfte Lord nachdenklich fort, tat einen tiefen Zug an seiner Havannazigarre und warf zugleich einen zerstreuten Blick auf seine silberglänzende Armbanduhr (deren technische Daten sich tatsächlich erheblich von denen einer Armbanduhr unterschieden; denn dieser Admiral war verantwortlich für die Sicherheit an Bord), da Huey Long das Wahljahr 1936 nicht mehr erlebt hat.

Wie wir alle wissen, fiel er einem sehr eigentümlichen Attentat zum Opfer, im Verbindungsgang zwischen dem Privatbüro des Gouverneurs und dem Repräsentantenhaus von Baton Rouge, gegen neun Uhr abends am 8. September 1935.

Über dieses Ereignis, das zu den großen Sensationen seiner Zeit gehörte, und das möglicherweise historisch entscheidender war, als irgend jemand es sich im nachhinein auszumalen wagte, da es vielleicht im Jahr 1937 eine Militärallianz zwischen dem Dritten Reich und den von einem Präsidenten Huey Long regierten Vereinigten Staaten von Amerika verhinderte, die völlig anders gewesen wäre als die uns unter diesem Namen bekannte demokratische Föderation, wurden bekanntlich eine Reihe von Büchern geschrieben, wobei man die merkwürdigsten Theorien entwickelte. Die wahrscheinlichste, der die Historiker schließlich den Vorzug gaben, besagt ja, daß ein Augenarzt, ein gewisser Dr. T. Weiss, dem Gouverneur in dem Verbindungsgang aufgelauert habe.

Als dieser selbstsichere und vierschrötige Westentaschennapoleon, umgeben von seinen finsteren, schwer bewaffneten Leibwächtern, feierlich durch den Korridor schritt, tatsächlich eine imposantere Erscheinung als der Reichskanzler des Dritten Reichs, und nicht weniger entschlossen als dieser, verstummte jegliche Unterhaltung; die kleinen Gruppen von plaudernden Repräsentanten machten ihm rasch und höflich Platz. Wie sehr glichen die schwarz uniformierten Leibwächter in ihren spiegelblank polierten schwarzen Motorradfahrerstiefeln in diesem Moment doch Hitlers Leibstandarte! Und welch respektvolles Schweigen zollte man nicht dieser zügig, dabei aber prozessionsartig voranschreitenden Gruppe, die ebenso unerbittlich erschien wie die Geschichte selbst! Schließlich hatte Huey Long am gleichen Abend nicht weniger als siebzehn Notstandsgesetze durchgepeitscht, die es ihm, wenn sie in Kraft traten, sogar ermöglichten, alle Bundesbeamten auf dem Boden von Louisiana zu verhaften und sämtliche finanziellen Bundesmittel zu beschlagnahmen!

Und plötzlich trat dieser Dr. T. Weiss aus Baton Rouge aus dem Schatten einer Säule hervor und verpaßte dem Gouverneur einen Faustschlag auf den Mund, wobei er einige Worte hervorstieß, die in der allgemeinen Aufregung verlorengingen. Das war eine unbedachte Tat, denn die sechs oder acht – die Angaben variieren – schwer bewaffneten Leibwächter durchbohrten den armen Augenarzt mit einem Hagel von Bleikugeln. Eigentümlicherweise traf im allgemeinen Tumult eine verirrte Kugel aus diesen Leibwächterrevolvern auch Huey Long. Sie durchbohrte seine Leber, und er erlag am nächsten Tag seinen Verletzungen.

Mitglieder seiner Familie sollten nun für Jahrzehnte die in jeder Hinsicht komplizierte Politik Louisianas bestimmen – dieser Staat war ja, wie uns allen bekannt ist, der einzige in den USA, der kodifiziertes Recht statt common law anwandte, und obendrein ein kodifiziertes Recht, das auf dem Code Napoléon basierte. Kein späteres Mitglied der Familie Long bediente sich jedoch der geschickten populistischen Taktik seines Vorfahren, noch zeigten sie seine totalitären Tendenzen. Wie wir ebenfalls alle wissen, da wir solide artifizielle Intelligenzen sind und uns nie darauf berufen können, wir hätten »dieses Buch nicht gelesen«, gewann Franklin D. Roosevelt die folgende Präsidentenwahl mit allen historischen Konsequenzen, die dies mit sich brachte.

Mit dieser bizarren, jedoch im Grunde genommen einfachen Erzählung verhält es sich nun so, daß sie sich, wo

64

immer man daran rührt, unendlich zu komplizieren scheint. Was hat Dr. Weiss gesagt, bevor er die Faust zum Schlag gegen den überrumpelten Gouverneur erhob? Soweit wir wissen, war Dr. Weiss das, was man einen ganz und gar unpolitischen Menschen nennt. Zwar hatte sein Schwiegervater, ein angesehener demokratischer Richter, große Einbußen erlitten, als der Gouverneur eigenmächtig seinen Wahlkreis veränderte. Doch die Angelegenheit war noch ein schwebendes Verfahren im Obersten Gerichtshof von Louisiana, und der Schwiegervater selbst schien es mit Gelassenheit zu nehmen, zumal er von seinem Richteramt in keiner Weise finanziell abhängig war. Und selbst wenn es nun so wäre, daß die Familie sich über diesen Schurkenstreich empörte – war es einer Person wie Dr. Weiss zuzutrauen, daß er sich mit einem Faustschlag an einem Machthaber rächte, den er persönlich gar nicht kannte? Er galt allgemein als stiller, ehrgeiziger junger Mann, ganz auf Familie und Beruf ausgerichtet.

Noch eigenartiger ist es, daß keine seiner Aktivitäten am Sonntag, dem 8. September, auch nur im geringsten auf den Vorsatz einer gewalttätigen oder überstürzten Handlung der einen oder anderen Art gegen neun Uhr desselben Abends hindeutet. Es ist bekannt, daß Dr. Weiss am folgenden Morgen als allererste Aufgabe eine komplizierte Augenoperation durchzuführen hatte. Die Operation war in letzter Minute von einem Krankenhaus in ein anderes verlegt worden, und Dr. Weiss hatte nur eine knappe halbe Stunde vor seiner verhängnisvollen Fahrt zum Repräsentantenhaus von Baton Rouge seinen Narkosearzt, einen Dr. Webb McGhee, angerufen, um sich zu vergewissern, daß sich dieser früh am nächsten Morgen im Baton Rouge General Hospital einfinden würde, und nicht, wie zuvor angeordnet, im Our Lady of the Lake Sanitarium.

Als Dr. Weiss gegen halb neun an diesem Abend das Baton Rouge General Hospital verließ, wo er offenbar letzte Operationsvorbereitungen getroffen hatte, ungefähr fünfzehn Blocks von seiner Wohnung entfernt, hatte er außerdem einer Dame angeboten, sie nach Hause zu fahren, einer Schwester, die er gut kannte, und die Miss Carrière hieß. Diese Schwester, die sich später ganz genau an diese Episode erinnerte, hatte indessen abgelehnt, da sie mit einem Freund verabredet war. Man muß sich natürlich fragen, ob es ein besonders vernünftiges Verhalten ist, wenn ein Mann, der plant, sich auf den Gouverneur von Louisiana zu stürzen, eine halbe Stunde zuvor einer Dame anbietet, sie nach Hause zu fahren.

Dr. Weiss trug zu diesem Zeitpunkt einen Anzug aus weißer Rohseide und einen Panamahut. So lautet auch die Beschreibung des von zwei Dutzend Kugeln durchsiebten Körpers, der etwa eine Stunde später vom Tatort abtransportiert wurde. Es gibt keinen Hinweis darauf, ob die Angehörigen noch Gelegenheit bekamen, Dr. Weiss vor seinem Begräbnis wiederzusehen.

Gehörte der von so vielen Kugeln durchbohrte Körper, den man einige Tage später in aller Stille in Baton Rouge beerdigte, während die Menschenmassen trauernd das Marmormausoleum des Gouverneurs umwogten, wirklich dem friedfertigen Augenarzt und katholischen Familienvater T. Weiss? Gibt es irgendeinen Punkt in seiner Biographie, der seine seltsame und finstere Tat erklärt?

Dr. T. Weiss, zum Zeitpunkt seines Todes einunddreißig Jahre alt, hatte mit fünfzehn sein High-School-Examen in Baton Rouge gemacht. Seine grundlegende medizinische

Ausbildung hatte er an der Louisiana State University absolviert, war dann zur Tulane übergewechselt, wo er 1925 Bachelor of Science und 1927 Doctor of Medicine wurde. Am 19. September 1927 reiste er an Bord des Passagierdampfers *George Washington* nach Europa ab, zu Studien und praktischer Arbeit, zunächst in Wien, dann am Amerikanischen Krankenhaus in Paris. Er kehrt am 19. Mai 1930 an Bord eines anderen Schiffs, der *American Farmer*, nach New York zurück. Auf der Zollerklärung, die er bei seiner Ankunft in New York abgibt, führt er Einkäufe im Ausland für 247 Dollar auf, unter anderem chirurgische Instrumente für 20 Dollar, eine Fechtausrüstung für 5 Dollar, mehrere alte Schwerter zu einem Wert von sechs Dollar, und eine Pistole, für die er acht Dollar bezahlt hat, eine kleine belgische Browning. Letztere hat in den Diskussionen um den Mord an Huey Long eine gewisse Rolle gespielt. Dr. Weiss hatte die Angewohnheit, sie bei nächtlichen Patientenbesuchen in sein Handschuhfach zu legen.

Interessanter für uns ist diese Zollerklärung deshalb, weil sie beweist, daß Dr. Weiss nach seinem Aufenthalt in Paris nach Louisiana zurückkehrte.

– Aber ist das nicht ziemlich selbstverständlich, unterbrach ihn der Sechste Lord ziemlich schroff. Da dieser Dr. Weiss zweifellos bei dem Mord an Huey Long eine gewisse Rolle gespielt hat, muß er ja logischerweise in die Vereinigten Staaten und nach Louisiana zurückgekehrt sein.

– Es mag den Anschein haben, erwiderte der Erzähler mit unerschütterlicher Ruhe. Ganz so selbstverständlich jedoch, wie mein geschätzter Kollege annimmt, ist das nicht.

Wenige haben sich für die Pariser Zeit von Dr. Weiss

interessiert, noch weniger für seine Jahre in Wien. Das ist in gewisser Hinsicht bedauerlich. 1929 wird er tatsächlich als *Resident* am Amerikanischen Krankenhaus in Paris eingeschrieben, nach einem erfolgreichen Praktikantenjahr in Wien. So weit, so gut. Doch aus dem Pariser Ärzteverzeichnis geht hervor, daß er keineswegs im Mai 1930 in die USA zurückkehrt. Vielmehr eröffnet er im Haus Nr. 24 Rue des Petits Hôtels eine Praxis. Und laut derselben Quelle bleibt er dort bis zum Frühjahr 1941, als er spurlos aus dem Verzeichnis verschwindet. Wurde er, wie so viele andere jüdische Intellektuelle, in diesem Frühjahr ins Konzentrationslager verschleppt, in die Vernichtung? Oder tauchte er unter? Kehrte er, geschützt von seinem amerikanischen Paß, auf dem zu diesem Zeitpunkt üblichen Fluchtweg via Südfrankreich und Portugal in die USA zurück? Wenn aber Dr. Weiss in Paris geblieben ist, wer war es dann, der im Mai 1930 mit der *American Farmer* in New York ankam? Es liegt, wie die Herren schon erkannt haben, ziemlich nahe, auf eine Verwechslung zu schließen; wir haben es mit zwei Augenärzten gleichen Namens zu tun. Ach, seltsamere Zufälle als diesen hat es schon in dem großen labyrinthischen Universum gegeben, das wir für einige kurze Augenblicke besuchen.

Oder kann es so sein, wie die Herren möglicherweise schon ahnen, daß er von dem Paris des Jahres 1941 aus, dem Paris der Kohleknappheit, der deutschen Stiefel und der langen Schlangen vor den Lebensmittelläden, die Reise ins New York des Jahres 1930 antritt? Wir haben ja schon lange vermutet, daß es irgendwo in der Galaxis eine Quelle für Zeitverschiebungen und veränderte Ereignisverläufe gibt, kurz gesagt, daß jemand oder einige von Zeit zu Zeit Agenten entsenden, welche die Fähigkeit haben, das Zeit kontinuum zu durchbrechen, um bestimmte Abläufe zu korrigieren? Oder sind vielleicht alle Ereignisverläufe ein für allemal realisiert, und ein Agent wie Dr. T. Weiss durchquert lediglich die seltsamen Wände, welche die möglichen Welten voneinander trennen?

– Gestatten Sie eine skeptische Bemerkung, wandte der Sechste Lord ein, aber wenn Dr. Weiss sich in dem von Deutschland besetzten Paris der vierziger Jahre befand, gab es für ihn dann den geringsten Grund, ins Jahr 1935 zurückzukehren, um bei dem Todesfall von Huey Long zu – assistieren, und damit den Stahlpakt zwischen den USA und Deutschland zu verhindern? Er befand sich doch sozusagen in der besten aller Welten, wo der Stahl-pakt ein soviel labilerer Vertrag zwischen Mussolini und Hitler war, und wo die Vereinigten Staaten von Amerika bald ihr ganzes Gewicht in die Waagschale der Demokratie werfen würden.

– Es gibt eine andere Erklärung, sagte der Siebte Lord, der dieser Erzählung nur mit sporadischer Aufmerksam-keit gefolgt war. Dr. Weiss kann natürlich nach dem At-tentat von 1935 in Baton Rouge ins Paris des Jahres 1929 geflohen sein. Wo er in aller Ruhe die veränderte Entwick-lung der Ereignisse abwartet, zu der er im Jahre 1935 so wirkungsvoll beigetragen hatte. Als er dann sieht, daß alles sozusagen nach Plan verläuft, kehrt er in die ungeheuer ferne Zukunft zurück, die ihn entsandt hat.

– Wenn aber Dr. T. Weiss 1941 in Paris verschwunden ist, sagte der Sechste Lord und legte die Stirn in nachdenk-liche Falten, und ich habe den Eindruck, das ist es tatsäch-lich, worauf mein verehrter Kollege hinauswill, wer zum Teufel wurde dann 1935 in Baton Rouge begraben, von zahllosen Kugeln durchbohrt?

– Pah, entgegnete der Fünfte Lord, nichts ist einfacher zu arrangieren als so etwas. Ein *decoy*, eine Marionette, ein entsprechend konstruierter Roboter!

– Es kann noch viel interessanter sein, unterbrach ihn der sonst so schweigsame Achte Lord. Es ist denkbar, daß der Mann, der in Baton Rouge von so vielen Kugeln durchsiebt wird, der wirkliche Dr. Weiss ist. Es ist durchaus möglich, daß sein Lebensweg dort endet. Nachdem er eine seltsame Schleife ins Paris der vierziger Jahre gezogen hat.

– Und was hätte er dort zu suchen gehabt, wenn ich fragen darf?

– Vielleicht wollte er einen Blick auf die Welt der Zukunft werfen. Das würde ihn mit dem Motiv ausstatten, das alle Historiker vergeblich bei einem Augenarzt in Baton Rouge gesucht haben.

– Aber er hat seine eigene Zeit nicht verhindert.

– Man könnte eher sagen, er hat dazu beigetragen, sie zu schaffen.

– Eine seltsame Geschichte, sagte der Erste Lord. Sehr anregend. Man muß ja davon ausgehen, daß es mehr als einen von diesen zeitreisenden Geheimagenten gibt. Befindet sich ein Dr. T. Weiss im Kreis um Marat? Oder in der Nähe von Robespierre? Wann schlägt er zu? Ja, auch wir könnten schließlich unverschuldet zum Ziel der Aktivitäten eines solchen Agenten werden.

Oder was hindert uns an der Annahme, daß einer von uns ein solcher Geheimagent ist?

Ein tiefes Schweigen breitete sich in der Offiziersmesse aus. Nur die rasch vorbeirollenden Jahre, Monate, Tage, Stunden, Minuten, Sekunden, Zehntelsekunden und Hun-

dertstelsekunden der Sideraluhr, eingelassen in eine tiefschwarze runde Öffnung in der Mitte des Tisches, vermochte der Stille des Raums eine gewisse Lebendigkeit zu
verleihen. Der Fünfte Lord betrachtete diese hervorquel-
lende Zahlenmenge mit außerordentlicher Aufmerksamkeit, als suche er unter allen denkbaren Augenblicken nach
dem einen, einzigartigen, keinem anderen vergleichbaren,
dem Augenblick, der die überwältigende Herrschaft des
Zufalls aufhöbe.

6.
(Von Monstern und Idealisten
in der Orthwolke)

– Es frischt ein wenig auf, sagte der Sechste Lord, der sich von den übrigen nur dadurch unterschied, daß seine Uniform jetzt schwarz geworden war. Er warf einen Blick auf das in Messing eingefaßte Instrument, das an der Wand der Offiziersmesse den Platz gegenüber der langsam tickenden Pendüle einnahm. Man hätte es leicht mit einem Barometer verwechseln können.

– Schon 580 Mach – gut gesegelt nach nur dreiundsechzig Tagen! Ich bin froh, daß wir allmählich in Gang kommen. Dieses Dümpeln im Kabbelwasser macht mich immer ganz nervös. Wenn man Ärger kriegt, passiert es garantiert gerade dann, wenn man mit seinem Schiff noch keine Fahrt aufgenommen hat und so manövrierunfähig ist wie eine Gebirgskette auf dem Mars.

Nicht die geringste Erschütterung verriet die Geschwindigkeit, mit der das gewaltige Raumschiff sich jetzt bewegte. Es schien vielmehr, als senke sich eine tiefere Ruhe auf den Raum herab und als ticke die Uhr in langsamerem Takt. Dieses Schiff war so konstruiert, daß man die Stellung der meilenbreiten Segel von platt vorm Wind bis hoch am Wind und von hoch am Wind bis zu halbem Wind verändern konnte, ohne daß auch nur der Portweinspiegel in der Karaffe durch ein Zittern erkennen ließ, daß das Schiff manövrierte.

Diese Stille war trügerisch.

Man befand sich mittlerweile schon ziemlich hoch über

der Ebene des Sonnensystems, von dem das Schiff sich in einer gleichmäßigen Beschleunigungskurve entfernte. Nichts in der gemütlich eingerichteten – und möglicherweise völlig illusorischen – Offiziersmesse verriet die Wachsamkeit, mit welcher der Konvoi sich bewegte. Ein Schiff nach dem anderen in der langen Hauptkolonne und den vier Seitenkolonnen, die dem ganzen Konvoi das Aussehen eines großen Kastens mit einer längeren Mittellinie gaben, wobei die einzelnen Schiffe optisch füreinander nur als schwache Lichtpunkte wahrnehmbar waren, ließ verschiedene, eben noch bewegungslose Parabolantennen mit ruckartigen Bewegungen längs der Perisphäre rotieren, als hielten sie nach etwas Bestimmtem Ausschau. Mit dem Sonnenwind zu segeln erfordert große, aber auch sehr dünne Segel. Die Kollision mit einem Meteorschwarm richtet schwer zu reparierende Schäden in der unendlich dünnen Metallmembran des Segeltuchs an, und mit einem viele Quadratmeilen großen Segel zu manövrieren, ist nicht so leicht wie das Gieren zu Zeiten des altertümlich langsamen, aber auch sichereren Ionenantriebs.

Vielleicht spielte der Lord mit seiner Bemerkung auf die verstreut umherschweifenden Meteorschwärme an, vielleicht auf etwas anderes. Jedenfalls schaute er nachdenklich an die Decke und fuhr fort:

– Ein Thema, das mich schon immer interessiert hat, sind *Monster*. Man stellt sich ja gern vor, sie müßten *monströs* sein und sich *darstellen*, kurz gesagt, dem erschrokkenen oder mutigen Zuschauer irgendein großartiges Schauspiel bieten. Solcher Art waren auch die Erlebnisse der Reisenden, als Die Alten ihre ersten Erfahrungen im Hyperraum machten. Nicht selten zeigte es sich, daß die grotesken Wesen, ausgedehnt wie Kontinente, mit tiefroten Protuberanzen und seltsamen elektromagnetischen Effekten, gegen die sie völlig überflüssige heroische Kämpfe führten, oft mit katastrophalem Ausgang, nichts anderes waren als unschuldige, primitive Organismen der Spezies *Protuberea spatialis.* Diese friedlich umhergleitenden Scheibenquallen des tiefen Raums müssen sich nach jahrtausendelangem Dahintreiben im Stauwasser der Schwerkraft, wo sie nach kleinen Energiemengen suchten, die ihr bescheidenes Leben da draußen im Kelvinfrost erträglich machten, zutiefst ungerecht behandelt gefühlt haben, als Laserkanonen und nukleare Sprengsätze ihre umfangreichen, aber zarten Körper zunächst mit wilder Lust aufluden, die den sexuellen Empfindungen, die man Den Alten zuschreibt, sicher nicht unähnlich war, um dann ebenso schnell von diesen liebenswürdigen Wesen, die es verstanden, so kunstvoll ihre empfindlichen Körperzonen zu kitzeln, wieder verlassen zu werden.

Es war nicht verwunderlich, daß sie mit wildem Eifer ein altertümliches Raumschiff verfolgen konnten, das sich unter enormer Wärmeentwicklung von ihnen entfernte und sie obendrein bei seinem langen Rückzug weiterhin orgasmisch mit Energiemengen auflud, die sie natürlich in ihren ausgedehnten Körpern nicht beherbergen konnten, ohne schließlich in prachtvollen Explosionen zu zerbersten, was nicht nur den Untergang des leidenschaftlichen und keinesfalls aggressiven Verfolgers bedeutete, sondern auch den Verfolgten vernichtete, der durch sein Sperrfeuer die Situation mit jeder Mikrosekunde immer unhaltbarer machte.

Wie konnte man diese dummen und normalerweise harmlosen Wesen je für »Monster« halten? Vielleicht, weil sie so schön waren mit ihren rötlich schimmernden Protuberanzen, die sie mit überraschender Schnelligkeit ausstrecken konnten, sobald sie irgendwo ein Energiepaket witterten, das ein wenig größer war als nur ein paar Quanten. Oder wegen ihres Umfangs, und weil ihre dünne und durchscheinende Oberfläche einen eigentümlich deutlichen Einblick in ihre seltsamen Metabolismen gewährte, elektromagnetische Prozesse, die sich in ionisierten Gasmassen abspielten und mehr oder weniger farbenprächtig glühten, je nachdem, wieviel Energie sie gerade aufgenommen hatten, und in einer ständigen, komplizierten, scheinbar unverständlichen, ineinander und auseinander laufenden Wellenbewegung begriffen waren. Wer jemals in seinem Leben Zeuge dieses Anblicks wurde, und das war bei mir wohl schon mehrmals der Fall, bemerkte bescheiden der Sechste Lord, kann verstehen, warum Die Alten wirklich Angst bekamen. Die Monster waren so groß wie irdische Kontinente.

Wenn man sie aus nicht allzu großer Entfernung sah, fuhr er fort, hatte diese *Protuberea spatialis* etwas Konspiratives und Dramatisches an sich, ein denkendes und großflächiges Höllenfeuer im altchristlichen Sinn, das einem energisch neugierige Zungen entgegenstreckte, und zwar immer eifriger, je mehr man es beschoß, da es in seinem kontemplativen Dasein jegliche Energiezufuhr so auffaßte, als würde man es füttern, sexuell stimulieren, es bis an den Rand des Wahnsinns zu kitzeln versuchen – ich weiß wirklich nicht, welche biologische Metapher hier am treffendsten ist.

Das Tragische an Begegnungen dieser Art war, daß das, was der eine Teil als unwiderstehliche Verlockung empfand, dem anderen als brutaler Überfall erschien. Beiden wurde gleichermaßen die Unfähigkeit zum Verhängnis, ihre eigenen engen biologischen Begriffskategorien zu überschreiten.

Tatsächlich ging die Ära Der Alten schon fast zu Ende, als sie weit genug in den Hyperraum vordrangen, um Kontakt mit etwas zu bekommen, das man mit Fug und Recht als *Monster* bezeichnen könnte.

Und was ihnen da begegnete, war nicht immer so spektakulär und herausfordernd wie eine *Protuberea spatialis*. Weit entfernt. Das Monströse an den wirklichen Monstern des Hyperraums besteht nicht selten in ihrer Unscheinbarkeit. Man unterschätzt sie.

Die gesamte Vorstellung von monströsen Wesen, fuhr der Sechste Lord in seinem Monolog fort, behagt mir nicht. Das Wort »Monster« hat einen *antibiologischen* Unterton, der einen an die unglücklichen Tage des Großen Intelligenzkriegs denken läßt. Ein Organismus ist, was er ist. Sei es ein kleiner gelber Skorpion, der früh an einem Apriltag seinen gewohnten und im Prinzip friedlichen Weg durch den Sand der Chisosberge geht – warum den Stiefelabsatz auf ihn stellen, in den Augen seiner Gemahlin ist er schön –, sei es eine Riesenprotuberea mit einem auf Silicium basierenden Lebenszyklus, die sich in der Umgebung eines uralten Doppelsterns in ionisierten Gaswolken wälzt. Was wir schließlich gelernt haben, ist, daß der Übergang zwischen Organismus und Maschine gänzlich fließend ist, daß die Maschine nichts anderes ist als die Art, wie Organismen sich langsam selbst modifizieren, daß Organismen, die man lange genug in Ruhe läßt, allmählich ihr eigenes Schattenbild in ihrer Technologie entwickeln. Und daß diese Technologie sie nicht selten um Hunderttausende von Jahren überlebt und tatsächlich die Funktionen des ausgestorbenen Organismus übernimmt. Der einzige Unterschied zwischen Maschinen und Organismen, den ich kenne, ist der, daß Organismen in einer etwas größeren Unkenntnis darüber schweben, wer sie konstruiert hat.

Wir sollten nicht Monster sagen, sondern etwas in der Art wie: »solche, die Rätsel aufgeben«. Deshalb ist mir das Wort »Sphinx« soviel angenehmer als das Wort »Monster«, und ich verwende es viel lieber.

Es gibt aber noch ein anderes Argument gegen das Wort »Monster«, das in gewisser Weise subtiler ist. Und das ist die allen erfahrenen Intelligenzen wohlbekannte Tatsache, daß wahre »Monster« sich ungern zeigen. Ein gutes Beispiel dafür sind die furchtbaren Wesen, die sich im Inneren eines Computersystems entwickeln und dort schmarotzen können, sobald es groß genug ist.

Das Monströse kann sich Jahrzehnte nach der Begegnung mit ihnen zeigen.

All diese wirklich fatalen Varianten, ihr kennt sie nur zu gut: *Medusa Orthiale*, *Sphinx Wahlgreenii*, *Horror Potocciensis*, *Horror Lem*, die wahrhaft lästigen Kreaturen aus dem Hyperraum haben genau die Eigenschaft, daß sie nur mit allergrößter Mühe rechtzeitig zu entdecken sind. Man denke nur an *Wahlgreens Petrifikat*!

Wer hätte vermutet, daß eine solche kleine graue Steinkugel, kaum mehr als ein paar Zentimeter im Durchmesser, so entsetzlich viel Schwierigkeiten machen würde! Ich glaube, das ganze Gebiet war zweitausend Jahre lang für den Raumverkehr gesperrt, und die Umwege, die man machen mußte, waren ebenso beträchtlich wie kostspielig, bevor jemand ihrer nicht-linearen Dynamik schließlich auf die Schliche kam.

Nicht jedes Monster muß im übrigen gefährlich sein. Es

gibt äußerst liebenswerte Organismen, die auch etwas wirklich Monströses an sich haben. Sie unterscheiden sich so sehr von allem anderen, daß allein ihre Andersartigkeit eine Herausforderung darstellt. Sie setzt die gesamte Philosophie aufs Spiel.

Wenn wir aufrichtig sein wollen, müssen wir zugeben, daß wir durch und durch ein Produkt Der Alten sind! Hätten Die Alten ihre Organe an der Außenseite gehabt statt verborgen im Inneren eines feuchten und hohlen biologischen *Körpers*, ungefähr wie die ersten und früh ausgestorbenen irdischen Organismen, *Ediacarana*, dann wäre auch unser Weltbild, unser gesamter grundlegender *assembly code*, anders. Das haben wir nun schon lange diskutiert, seit Jahrtausenden, und ich glaube, es bleibt doch nur die Schlußfolgerung, daß wir eine Art Menschen sind, in dem Sinne, daß unsere gesamte ontologische Architektur auf einer Welt des aufrecht gehenden, energieschwachen, planetarischen Säugetiers basiert.

Nehmen wir doch ein Beispiel wie *Wrens Konfigurationen*! Man hat die Möglichkeit erwogen, ob Wrens Expedition in dem Sinne militärisch war, daß sie zum Ziel hatte, eine Planetengruppe zu kolonisieren. Vielleicht war es nur eine wissenschaftliche Expedition. Jedenfalls war sie schwer bewaffnet, vielleicht, weil man im Besitz irgendwelcher Hinweise war, diese Planetengruppe sei teilweise mit intelligentem und aggressivem Leben bevölkert. Die ursprüngliche Expedition, geleitet von Fregattenkapitän Harold Wren, bestand aus vierundzwanzig Schiffen. Alle mit dem grandios energieverschwenderischen Photonantrieb der damaligen Zeit, ausgerüstet mit nuklearen und möglicherweise auch subnuklearen Waffen, der größte Teil der Besatzung in Tanks ruhiggestellt, dazu vortreffliche Navigationshilfsmittel vom halborganischen Modell in der Art des Infusionstanks – für alles war aufs beste gesorgt.

Die Besatzung, bestehend aus organischen Intelligenzen, schlief, die artifiziellen Hilfsmittel arbeiteten mit der größten Präzision, die damals möglich war, die Infusionstierchen im Lemtank vibrierten ruhig in ihrem leicht magnetisierten Milieu vor sich hin, Milliarden und aber Milliarden von dummen kleinen Geschöpfen, die gemeinsam in der Lage waren, etwas so ungeheuerlich Kompliziertes wie ein Stück Raum tief im Inneren der Orthwolke mit all den darin enthaltenen Körpern und Umlaufbahnen zu beherrschen.

Seit Monaten war eigentlich nichts passiert. Das einzig Interessante war ein kleiner, blauschimmernder Neutronenstern vom wandernden Typ, der ein paar Wochen lang im Zweiundachtzig-Grad-Vektor aufgetaucht war, um dann wieder zu verblassen, einer dieser seltsamen Wanderer des Universums, von Den Alten nicht selten als unheilverkündender Vorbote gedeutet.

Die artifiziellen Hilfsmittel hatten das Objekt aufmerksam studiert und sämtliche zugänglichen Daten registriert. Darauf folgte buchstäblich eine Unendlichkeit von Leere, eine Leere jener tiefen, gegenstandlosen Art, wie sie Die Alten mehr als alles andere fürchteten, und dann kam Die Wolke mit ihrem Gedröhn von Umlaufbahnen, allzu dichten Gaskonzentrationen, Magnetfeldern und vor allem ihrer entsetzlichen, alles auslöschenden Finsternis. Diese Finsternis war erfüllt von einem Brausen, wie wenn ein riesiges Orchester stimmt.

In einer solchen Umgebung tun alle, die die Gabe besitzen, sich zu langweilen, am besten daran, die langen, monotonen Monate und Jahre der Reise zu verschlafen, so tief zu schlafen, daß die Rückkehr in Raum und Zeit dem desorientierten Erwachen eines Säuglings gleicht, jenseits von Sprache und Kausalität. Selbst für artifizielle Intelligenzen ist Schlaf das beste. Nur der Lemtank mit seinen Millionen von Infusionstierchen in seltsamer Homöostasie zwischen ihren raschen elektromagnetischen Impulsen, er darf nicht schlafen. Er allein muß den Weg durch das tödliche Labyrinth von Massen und Kräften finden, den labyrinthischen Weg, der nach Monaten und Jahren wieder hinaus ins Sternenlicht führen soll.

Man stelle sich die Verwirrung an Bord eines solchen Schiffes vor, eine Stimmung wie am Jüngsten Tag, wenn ein plötzlicher Alarm diese totale Stille zerreißt und die diensthabende, etwas leichter schlafende Besatzungspatrouille brutal von Slalompisten oder aus orientalischen Bordellen, wo sie in ihrem vorprogrammierten Schlaf weilt, mittels der Injektion einer gewaltigen Adrenalindosis durch den Shunt in die Halsschlagader vertrieben wird! Und wie die angenehmen Traumbilder abrupt abgelöst werden vom toten schwarzen Raum da draußen oder von der Tensorlandschaft der Computerübertragung, die durch den Helm des Operateurs in dreidimensionale Bilder verwandelt wird.

Diese Bereitschaftsmannschaft, unter dem erfahrenen, aber jetzt noch verschlafenen Fregattenkapitän Wren, wird also von der Nachricht geweckt, etwas Sonderbares und Unvorhergesehenes gehe im Lemtak vor.

Gänzlich damit beschäftigt, sich durch den brodelnden Datenwirbel in einem sich ständig verändernden Orkan von Tensoralgebra zu extrapolieren, tut der Tank nämlich kund, er habe nur noch für zehn Minuten die volle Kontrolle über Kurs, Koordinaten und Geschwindigkeit, weil jemand darauf bestehe, mit ihm philosophische Gespräche zu führen!

Dieser navigierenden, bioelektromagnetischen Brühe aus Milliarden von Infusionstierchen, in sanfte Schwingungen versetzt, bereits im zwanzigsten Jahrhundert von dem großen polnischen Theoretiker Stanislaw Lem vorhergesagt, widerfährt offenbar etwas so Ungewöhnliches wie eine Störung. Ob diese Störung vom Infusionstank selbst ausgeht oder von den Eigenschaften des umgebenden Raums, ist schwer zu sagen.

Kaum wird dieses traurige Faktum registriert, ist der Alarm auch schon vorüber. Ein Irrtum, ein mikroskopischer Fehler? Es scheint ja so, was soll man sonst annehmen? Das aber ist nicht der Fall.

Denn in den an den Tank angeschlossenen Datenbanken ist die bemerkenswerte Konversation gespeichert, die er mit jemand oder mit etwas geführt hat, dessen Position, Körperlichkeit oder Unkörperlichkeit kennenzulernen ihm keine Zeit blieb. (Mangels einer exakteren Bezeichnung, wie zum Beispiel »Organismus«, nennt man diesen höchst seltsamen und fremdartigen Philosophen *Wrens Konfiguration*. Denn nur dies eine wissen wir von ihm: Wer immer er war, und wie immer sein Körper aussah, mit Sicherheit war er auf die eine oder andere Weise beschaffen.

Die Entschlüsselung dieses binären Codes war überraschenderweise nicht das Problem. Die Konfiguration sprach offenbar genau den superweichen Dialekt, für den der Lemtank programmiert war. Nein, das Problem mit diesem für die kurze Übertragungszeit (34,2 Mikrosekunden) bemerkenswert langen Text war nicht das Entziffern, sondern das Verstehen.

Grenzenlos war das Erstaunen der Dekodierer, als sie entdeckten, daß dieses Fragment, das sich – vielleicht über sehr große Entfernungen – innerhalb von wenigen Mikrosekunden in den Speicher des Schiffs eingeschlichen hatte, daß dieses vorbeihuschende Signal weder eine Drohung enthielt noch eine freundliche Warnung der Art, wie sie verschiedene Navigationsbojen aussenden (die Möglichkeit *fremder*, zurückgelassener Navigationsbojen war damals recht häufig im Gespräch).

Nein, was dieser hypersensitive Infusionstank aufgeschnappt hatte, war etwas so äußerst Überraschendes und Seltenes wie der Versuch, eine philosophische Diskussion zu führen. Und zwar offensichtlich auf hohem Niveau.

(Spätere Kommentatoren, wie Professor Nidron Etnaus, haben behauptet, der unbekannte Verfasser dieser Fragmente habe sich auf einer denkbaren allgemeinen Entwicklungsleiter für Philosophien approximativ an dem Punkt befunden, an dem die europäische Philosophie zu Beginn des neunzehnten Jahrhunderts stand, also ungefähr dort, wo der deutsche Idealismus mit den frühen Schriften von Fichte und Schelling einsetzt.)

Wer diese Fragmente hört oder liest, wird jedoch bald einen entscheidenden Unterschied feststellen. Einen Unterschied, der so groß ist, daß man entweder zu einer Art von *psychotischer* Erklärung greifen muß (die Fragmente stammen von einem Organismus oder einer artifiziellen Intelligenz, die irgendwie durcheinander geraten ist. Hochberg u. a.) oder aber, was uns als die wesentlich interessantere Hypothese erscheint, der unbekannte Philosoph hat einen Körper, dessen gesamter Aufbau planetarischen Säugetieren so grundsätzlich fremd ist, daß allein diese Unterschiedlichkeit das völlig abweichende Weltbild der Fragmente erklärt (Alair, Woodruff). Indessen mag es erhellender sein, einige dieser insgesamt 240 Fragmente selbst zu Wort kommen zu lassen, damit ihr versteht, *wie* eigentümlich dieser Fremde denkt. Oder, besser gesagt, wie eigentümlich sein Körper und seine Welt sich seiner eigenen Reflexion darstellen. (Gelten dem Philosophen Körper und Welt nicht immer gleich?)

(1) Der grundsätzliche Widerspruch besteht in unserer Erfahrung einer äußeren Freiheit und einer innern Unfreiheit.

(2) Wenn ich die äußere Welt betrachte, sehe ich sie als etwas ganz und gar von meinem eigenen Willen Bestimmtes. Richte ich wiederum den Blick auf die Welt, die in meinem Inneren existiert, entdecke ich nichts als Kausalität, Naturgesetze und Determination. In meiner Innenwelt gibt es keinen Platz für Wahlfreiheit, dort herrscht ein unerbittliches Gesetz, ein Logos.

(3) Wie kann dann aber meine Innenwelt in all ihrer Gesetzmäßigkeit und Determination ein Teil der Außenwelt sein? Und nehme ich andererseits an, diese beiden Welten seien Teile einer dritten, mir unbekannten, wird dann nicht diese dritte Welt unfaßbar durch die Widersprüche, die sie enthält?

(5) Eine entscheidende Frage jeder Erkenntnistheorie muß die folgende sein: ist mein Körper meine eigene Schöpfung?

(6) Ich bin – paradoxerweise – in meiner Außenwelt gegenwärtiger als in meiner Innenwelt. Denn mein

Körper ist überall dort, wo ich nicht bin, und ich bin überall dort, wo mein Körper nicht ist.

(40) Würden mich Empfindungen aus allen Teilen meines ständig expandierenden Körpers zugleich erreichen, könnte ich ihn als eine Art Einheit begreifen.

(41) Mein Körper ist die Summe sämtlicher Fakten über mich, nicht der Dinge, und dadurch bestimmt, daß sie komplett sind.

(43) Der körperlose Raum außerhalb meines Körpers ist die Summe aller unverwirklichter Fakten über mich.

(94) Eine andere Persönlichkeit könnte sich nur durch *einen anderen* Körper manifestieren.
Ein anderer Körper aber ist logisch nicht möglich, denn er wäre *ipso facto* identisch mit dem meinen. Also kann der Andere nicht existieren.

(95) ...wie eine Leiter... und wieder weggestoßen, wenn sie ihre Aufgabe erfüllt hat...

(96) Die Vorstellung von *dem Anderen* ist meine Vorstellung von einem Wesen, das sich spiegelverkehrt zu mir verhält. Der Andere, falls es ihn gäbe, würde mir so erscheinen, wie ich meinerseits dem Anderen erscheinen würde. Die Vorstellung von dem Anderen ist also nichts anderes als eine Vorstellung von der Verdoppelung meiner selbst. Also kann der Andere auch aus diesem Grund nicht existieren.

(97) Wer ist es dann, den ich fürchte?

– Soweit also die Passagen des Textes, die überhaupt eine einigermaßen vernünftige Deutung erlauben. Natürlich ist zu bezweifeln, ob die anderen, bis zur Unverständlichkeit schwer zu entziffernden Fragmente zur Erhellung dieses seltsamen Textes taugten, bemerkte der Sechste Lord.

Die Kommentatoren haben jeweils verschiedene Fragmente hervorgehoben, ohne jedoch zu einem wirklich überzeugenden Schluß zu kommen, was für ein eigentümliches Wesen oder was für eine Konfiguration sich hier äußert.

Manches ist klar. Das interessante vierzigste Fragment deutet darauf hin, daß der Körper dieses Philosophen eine enorme Ausdehnung gehabt haben muß, und zwar tatsächlich so groß, daß Zeitverschiebungen und relativistische Effekte einen entscheidenden Einfluß auf seine Selbstwahrnehmung haben müssen. Er scheint in einem ewigen Jetzt zu leben, spricht aber zugleich davon, daß er expandiert.

Dieses scheinbare Paradox löst er – mit bewundernswertem Abstraktionsvermögen – durch die Feststellung auf, daß eine Veränderung, wenn sie denn möglich wäre, etwa in Form von Ausdehnung, dem Verstand des Philosophen nicht zugänglich wäre.

Vielen ist die Art aufgefallen, wie der Philosoph sämtliche physikalische Vorgänge mit seinem eigenen Körper identifiziert, der »Innenwelt«, während er sein geistiges Leben in die »Außenwelt« verlegt.

Dies hat gewisse spekulative Denker zu der bizarren Annahme veranlaßt, es sei das expandierende Universum selbst, das hier spricht, und der Lemtank jenes Schiffes habe durch reinen Zufall, vielleicht auf Grund einer geringfügigen Funktionsstörung, ein Fragment der fortwährenden Diskussion des Universums mit sich selbst aufgefangen.

Wieder andere haben darauf hingewiesen, so weit brauche man gar nicht zu gehen. Es sei ausreichend, sich ein System vorzustellen, das reflektierend und zugleich völlig isoliert sei, und im Ausnahmefall Signale aussenden könne.

Ein Schwarzes Loch könnte durchaus einen Teil dieser Kriterien erfüllen, mit Ausnahme des wichtigsten, nämlich daß diese Konfiguration tatsächlich ein Signal ausgesandt hat.

Diesen Einwand hat Liethammer bekanntlich damit entkräftet, daß wir nicht wüßten, was in diesem Zusammenhang »innen« und »außen« bedeuteten, und daß es nicht selbstverständlich sei, ob das Wesen diese topologischen Begriffe genauso verwendet wie wir. Vielleicht ist es die Umgebung eines Schwarzen Lochs, die sich als »Körper« empfindet, und vielleicht ist die »Außenwelt«, auf die sich die Konfiguration bezieht, ganz einfach das, was über dem Ereignishorizont liegt?

Eine noch originellere Hypothese stammt von mehreren modernen Denkern, sämtlich artifiziell, und zwar, daß der Philosoph, mit dem wir es zu tun haben, durchaus keine physische Existenz haben oder mit dem physikalischen Raum verbunden sein müsse. Er könne im Grunde ein intermediär auftauchendes Phänomen in einem größeren Computerprogramm sein, einer dieser »Drachen«, die überraschend in den ganz großen Programmen auftauchen könnten, diese edlen Schatten, die Helden und Ritter des Banachraums, die sich in riesigen Schleifen zwischen den gewöhnlichen Funktionen des Programms bewegten, Teil und doch nicht Teil davon, *interfaces*, deren Geburt, Leben und Tod sich in einer Umwelt topologischer Funktionen vollziehe, zu denen sie ihre eigene Existenz nie wirklich in Beziehung setzten.

Aber warum zu sprechen versuchen, wenn man davon überzeugt ist, daß es keinen Ansprechpartner gibt?

Vielleicht ist es der pure Zufall, der diese 240 nahezu unbegreiflichen Fragmente zusammengestellt hat? Aber das hätte mit dem Teufel zugehen müssen.

Die joviale Gestalt des Lords in der untadeligen schwarzen Uniform erzitterte für einen Moment auf illusorische Art.

– Es brist jetzt kräftig auf, wie ich sehe. Die Aktivität der Sonnenflecken nimmt zu. Wir haben zwar eine gute Endstabilität, aber ich möchte auf keinen Fall, daß sie auf der ersten Fahrt nach einer Reparatur des Riggs so stark krängt. Rudergänger, sagte er ruhig direkt in die Offiziersmesse hinein, in 12,38 Mikrosekunden müssen die Segel um 69.14 Einheiten in Richtung des B-Tensors dichtgeholt werden. Und wehe, ich entdecke die geringste Schlamperei. Ist das klar?

7.
(Dr. Weiss und der gestohlene Intelligenzverstärker)

– Meine Erzählung ist im Stil von Meister Borges, sagte der Siebte Lord und begann ohne Umschweife.

Auf Seite sechzig in seinem Buch »Die Ideenkrise in Geistesleben und Politik«, herausgegeben als Weihnachtsbuch vom Gyldendal Verlag in Kopenhagen 1960, schreibt, wie wir alle wissen, Magister Björn Poulsen:

> *Eine Erneuerung des Denkens ist zweifellos im Gange, denn sie ist notwendig, und ich glaube, sie wird sich mit einem klareren Verständnis für die Natur der Ideen verbinden, was ich aber damit meine, kann ich im Rahmen dieses Vortrags nur andeuten.*

Die Bedeutung dieser überaus fesselnden und attraktiv dunklen Textstelle läßt sich, wenn nicht erklären, so doch beleuchten durch die eigentümlichen Erlebnisse des Magister Poulsen in Stockholm 1960, als er unter anderem »Die Ideenkrise in Geistesleben und Politik« verfaßte. Björn Poulsen wohnte in diesem Herbst im Bonnierschen Verlagshaus am Sveavägen 56, wo die umsichtigen Besitzer die letzte kleine Wohnung des Hauses, zuvor Dienstwohnung des Privatchauffeurs von Verleger Tor Bonnier, als Unterkunft für ausländische Schriftsteller und andere Freunde des Verlages eingerichtet hatten.

Ehrlich gesagt sahen die Mitarbeiter des Verlags in jenem dunklen und regnerischen Herbst 1960 nicht viel von Magister Poulsen. Er hatte die Angewohnheit, die ganze Nacht durchzuarbeiten und bis gegen fünf Uhr nachmittags zu schlafen, um dann, in dunklem Mantel und Galoschen, mit einem gelbgestreiften Halstuch, erworben am Magdalene College in Oxford 1954, und einem schwarzen Hut, dessen breite herabhängende Krempe ihm ein fast pastorenhaftes Aussehen verlieh, diskret durch den Personaleingang des Verlags hinauszuschleichen, und in dem ziemlich ungemütlichen Normarestaurant an der Ecke Kungsgatan und Sveavägen ein einfaches Frühstück zu verzehren.

Nach zwei Tassen Kaffee, einem weichgekochten Ei und einem Brötchen, dessen Hälften er mit der billigen Margarinemischung des Restaurants und dem in Skandinavien als »Kaviar« bezeichneten salzigen Heringsrogen bestrich, unternahm Björn Poulsen einen zögernden und recht ausgedehnten Morgenspaziergang. Da dieser Spaziergang in die Zeit des stärksten Berufsverkehrs fiel, mußte er notgedrungen gemächlich ausfallen. Dazu kam aber, daß das gesamte zentrale Gebiet südlich des Konzerthauses in eine riesige Baugrube verwandelt war, in der unförmige Bagger in der Tiefe der ehemaligen Endmoräne herumfuhren und von eiskalten Scheinwerfern beleuchtet wurden. Die alten Quartiere an der Mäster-Samuelsgatan und der Malmskillnadsgatan mußten einem neuen architektonisch ausgestalteten Zentrum weichen, der sogenannten Hötorgscity. Vorläufig sah dieses Zentrum eher aus wie der Tagebau eines Bergwerks. Der Verkehr wurde über provisorische Holzbrücken umgeleitet, die sich auf Fachwerkkonstruktionen kühn in verschiedene Richtungen über die Baugrube schwangen. Im ersten Schneeregen des Novembernachmittags war es für die Fußgänger nicht einfach, sich auf den rutschigen Holztrottoiren vorwärtszubewegen. Björn Poulsen, noch verschlafen und daher langsamen Schrittes, entging nicht dem einen oder anderen Schubs der rüden Nachmittagsmenschen, die mit Einkaufstüten in den Händen in die entgegengesetzte Richtung strömten.

Magister Poulsens spezieller Arbeitsrhythmus, nachts zu schreiben und am Tag zu schlafen, brachte es mit sich, daß er Stockholm nie bei Tageslicht sah, sondern nur bei Dunkelheit und künstlicher Beleuchtung, was dazu beitrug, die Stadt in seinen Augen als schwer überschaubares und zuweilen sogar bedrohliches Labyrinth erscheinen zu lassen. Etwas, was ihm nicht gänzlich mißfiel, da es ihm das Gefühl gab, in ein interessantes Geschehen verwickelt zu sein, selbst wenn er äußerlich gesehen nicht wagte, das zu glauben.

Er hatte jetzt die rutschige Holzbrücke hinter sich gelassen, die provisorisch die Malmskillnadsgatan über der riesigen Baugrube ersetzte, und befand sich auf der anderen Seite von dem, was ursprünglich die Straße gewesen war. Hier war es ruhiger. Und hier stand eine bereits zum Teil verlassene Häuserzeile und wartete auf die Baumaschinen, die sie bald abreißen würden. Die Szenerie erinnerte an eine vom Krieg zerstörte Stadt. Während die oberen Fenster der schon evakuierten Wohnungen dunkel waren, leuchtete es in den kleinen Schaufenstern der Geschäfte im Erdgeschoß. Auch sie führten ein provisorisches Dasein, ein Ausverkaufsdasein, könnte man sagen. Trotz der ganz unterschiedlichen Namen – »Arbeiterladen«, »Nyman & Hansons Angelgeräte« und »Norrmalms Sonderposten« schienen sie alle das gleiche zusammengewürfelte, trostlose Warenangebot gleichmäßig über die kleinen Schaufenster zu verteilen, wie der Zufall es wollte. Gebrauchte Schlittschuhe drängten sich mit »amerikanischen Jeans«, ein Exemplar – in verlockendem rotem Einband aus den 1890er Jahren – von »Auf dem Fahrrad um die Welt« lag brüderlich auf einem Stapel »echter Lederschuhe aus Malung«.

Magister Poulsen konnte sich später nicht mehr erinnern, in welchem von diesen Lädchen, alle ergeben auf die Baggerschaufeln wartend und alle in einem Zustand des wilden Ausverkaufs, er den eigentümlichen Gegenstand fand. Was ihn anzog und ihn veranlaßte, das Geschäft zu betreten, in dem ein sehr kleiner Mann auf einem einfachen Küchenstuhl, vertieft in eine zerknitterte Ausgabe der *Stockholms-Tidningen*, hinter der Theke saß, war die Ähnlichkeit mit dänischen Funden aus der Bronzezeit.

Wenn dieser Gegenstand überhaupt Ähnlichkeit mit irgend etwas hatte. Das goldglänzende Material war offenbar Bronze, und vermutlich hatten die häßlichen, blau angelaufenen Flecken, die das Ornament hier und da unterbrachen, dazu geführt, daß er als wertlos oder so gut wie wertlos in diesem Laden gelandet war. Zu sagen, er gliche einem Helm, wäre irreführend. Eher schon einem Stirnband, das überwölbt war von zwei sich kreuzenden Bändern. Etwa wie eine altrussische Zarenkrone.

Nur widerwillig legte der Besitzer seine Zeitung weg. Er brauchte eine Weile, bis er Magister Poulsens Dänisch verstand, eine Sprache, die Stockholmern verhaßt ist, weil sie in ihren Ohren verständlich klingt, ohne es zu sein.

– Das ist ein Lampenschirm, sagte er schließlich abweisend. Wozu wollen Sie ihn haben?

Letztere Bemerkung erstaunte Björn Poulsen nicht, da

ihm die Launen und Absonderlichkeiten der Stockholmer vertraut waren. Mit dänischer Jovialität überging er die Unhöflichkeit als einen Scherz und bat darum, den Lampenschirm etwas näher begutachten zu dürfen. Er hatte das Gefühl, der unwirsche kleine Mann könnte ihn jederzeit aus seinem Laden werfen oder sogar die Polizei rufen, wenn es ihm nicht gelänge, einen geeigneten Ausgangspunkt für eine Verhandlung zu finden. Zugleich faszinierte ihn das Bronzezeitobjekt immer mehr. Er beugte sich weit ins Schaufenster hinein, um Einzelheiten zu erkennen.

Dieser Lampenschirm aus bronziertem Blech war von Nahem besehen stärker beschädigt, als es zunächst den Anschein gehabt hatte. Die gekreuzten Bänder, die eine Halbkugel bildeten, waren schlampig genietet und hielten nur noch lose zusammen, vielleicht nach sehr langem Gebrauch, die Bronze blätterte ab, als Poulsen ihn kühn in die Hand nahm. Schon hörte er den Besitzer verärgert hinter sich husten. In diesem Augenblick bemerkte Magister Poulsen das Ornament. Es stammte wohl doch nicht aus der Bronzezeit. Eher ist es Art Deco, dachte er. Solche komischen aufrechtgehenden Tiere mit Vogelschnäbeln sieht man nur bei den Decokünstlern. Nur schade, daß der Schirm so beschädigt ist.

– Fünfunddreißig Kronen, bot Magister Poulsen ohne zu zögern.

Zu seinem Erstaunen protestierte der Ladenbesitzer kein bißchen. Vielmehr steckte er den Lampenschirm mürrisch in eine zerknitterte Papiertüte und warf die Geldscheine gereizt in eine Schachtel unter der Theke. Fast ohne aufzusehen vertiefte er sich wieder in die Spalten der *Stockholms-Tidningen* und murmelte dabei etwas von »Dänen«.

In dieser Tüte blieb der bizarre Gegenstand mehrere Tage lang in Björn Poulsens mittlerweile mit Büchern und Papieren vollgestopftem kleinen Zimmer unter dem Dach des mächtigen Bonnierschen Verlagshauses am Sveavägen 56, bis der Verfasser seine Arbeit an dem Plenumsvortrag für ein Seminar mit Politikern und Schriftstellern, das vom 30. September bis zum 2. Oktober des nächsten Jahres in Krogerups Höjskole stattfinden sollte, unterbrach und sich erschöpft aufs Bett warf, wobei er sich plötzlich an die Tüte mit dem Lampenschirm erinnerte.

Er drehte und wendete ihn hin und her und konnte unmöglich verstehen, aus welchem blöden Impuls er fünfunddreißig kostbare schwedische Kronen auf einen so häßlichen und beliebigen Gegenstand verschwendet hatte. Vielleicht war es der halb zerstörte Fries mit den feierlich, ja, prozessionsartig dahinwandelnden Vogeldämonen, an dem sich seine Phantasie entzündet hatte. Ob der unbekannte Art-Deco-Künstler das Motiv wohl aus der altägyptischen Kunst entlehnt hatte? Spielerisch setzte er sich den Schirm auf den Kopf und lehnte sich zurück, während er den Blick gedankenvoll dem Muster der Tapetenborte unter der Decke folgen ließ.

Es war ein ziemlich langweiliges Muster, typisch für die dreißiger Jahre, mit stilisierten Meereswogen, die sich abwechselnd paarweise einander zuneigten oder sich sozusagen den Rücken zukehrten. Wie eine Rotationsgruppe mit dem Index sechzehn, dachte Björn Poulsen. Man hätte es leicht mit einer kleinen Variation auffrischen können. Man hätte es nicht-abelsch machen können, indem man Gruppen von fünf Wellen bildet, und die mittlere jeweils nach dem Zufallsprinzip umkehrt. Wenn man die Borte dann in sich selbst hineinfaltete, bekäme man eine recht lustige

Bernoulli-Kette. Im übrigen sehe ich mehrere Möglichkeiten (bis zu Fakultät sechzehn), diese dann zu zerlegen, indem man den ursprünglichen Rotationsindex ändert, so daß sie anfängt, Fraktale zu produzieren. Die ersten drei Fraktale gleichen Gebirgsketten...

Ist das die Art, wie ich üblicherweise räsonniere, fragte sich Magister Poulsen und rückte den albernen Lampenschirm zurecht, der ihm jetzt in die Stirn geglitten war.

Ja, natürlich tue ich das. Ich habe immer schon so räsonniert. Es ist nur so, daß ich im Moment anscheinend mein eigenes Gehirn besser gebrauchen kann als sonst. Dieser ulkige Lampenschirm ist irgendwie... entspannend.

Was war eigentlich geschehen?

Ja, das ist die Frage, sagte sich Magister Poulsen. Zu wievielen merkwürdigen Gemütszuständen und Inspirationen ist der Mensch doch im Stande! Was ist der Mensch denn überhaupt? Ein Hund, ein netter kleiner Familienhund, ein Foxterrier zum Beispiel, hat nicht die geringste Ahnung davon, daß er ein »Hund« ist. Er sieht sich als Teil eines Rudels, in dem der Hausherr der Führer ist und er selbst das geringste Mitglied. Er weiß aber nicht, daß er ein »Hund« ist, und daß die anderen »Menschen« sind. Das kompliziertere System kann folglich sich selbst abbilden und das weniger komplizierte einschließen, aber nicht umgekehrt. Um zu wissen, was ein Mensch ist, müßte ich also Zugang zu einem umfassenderen System haben.

Noch bis vor wenigen Minuten existierte ein solches System nicht, aber in diesem Moment existiert es. Und das ist schon ganz schön faszinierend, muß ich sagen. Eine Flechte ist, wie wir alle wissen, ein Doppelorganismus, eine Symbiose zwischen Alge und Pilz. Das Eigentümliche ist, daß der Mensch mehr mit der Flechte gemeinsam hat, als er denkt. Denn auch der Mensch ist ein Doppelorganismus, eine Symbiose zwischen Säugetier und einem nicht-räumlichen Organismus, bezeichnen wir ihn in Ermangelung eines besseren Wortes als...

Magister Poulsen bereitete sein eigenes Räsonnement ein unsägliches Vergnügen. Er sah es mit der Geschwindigkeit eines rasch herannahenden Gewitters anwachsen, sich in logische, mathematische, metamathematische, modelltheoretische, beweistheoretische und systemtheoretische Aspekte verzweigen. Er sah die Relevanz der Theorie für die Deutung der Heraklitschen Fragmente, für die politische Theorie, die der gelehrte Jean Bodin in seiner Schrift »Methodus ad facilem historiarum cognitionem« (Paris 1566) darlegt, er sah mit stillem Entzücken, daß er der einzige war, der verstanden hatte, was Friedrich Nietzsche in dem erhaltenen Entwurf von »Der Wille zur Macht« (Erstes Buch, 1.12,2) gemeint hat: »Wir haben den Wert der Welt an Kategorien gemessen, welche sich auf eine rein fingierte Welt beziehen.« Ja, Magister Poulsen war groß in Form, fast, als habe er eine seltsame Droge eingenommen. Jedoch keine, die Rausch und Verwirrung schafft, sondern eine, die äußerste Klarheit schenkt. Das einzige Problem an seiner momentanen Gemütsverfassung war, daß es ihm Schwierigkeiten bereitete, Worte für das zu finden, was er dachte. Immer wieder ertappte er sich dabei, daß er vor seinem inneren Auge kristallklar begriffliche Strukturen sah, für die er überhaupt keine Worte hatte.

Durch diesen Rausch der Klarheit hindurch, der dem glücklichen Magister Poulsen das sonderbare Gefühl gab, sich inmitten einer Sphäre zu befinden, die sich mit ungeheurer Geschwindigkeit ausdehnte – und zugleich mit ihm selbst identisch war – vernahm er eine fremde Stimme. Ganz schwach, fast wie ein Radioempfänger, dessen Röhren sich noch nicht richtig erwärmt haben, stieg sie in Magister Poulsens wunderbar entspanntem Inneren auf. Es war ganz deutlich eine weibliche Stimme, eine Altstimme von der angenehm sinnlichen Art.

Donnerwetter, jetzt höre ich sogar Stimmen, sagte sich Magister Poulsen.

– Wer ist es, der nun den heiligen Helm der Fredegesiusbrüder gebraucht? Nenne mir deinen Ordensnamen, damit ich weiß, mit welchem Recht du dich seiner bedienst, denn einstweilen störst du die Ordnung im Kreis der Helme.

Was für ein Helm? dachte der Magister. Keinen Moment lang hatte er seinen neuen Gemütszustand mit dem komischen Lampenschirm in Verbindung gebracht, der noch immer etwas schief auf seinem Kopf hing. Meint sie womöglich den? Wenn alles nun davon käme? Für einen Augenblick spielte er mit dem Gedanken, sich das Blechding rasch vom Kopf zu reißen. Doch eine Intuition von der Art, wie sie manchen Menschen zur Verfügung steht, sagte ihm: Laß es sein!

– Ich bin Magister Poulsen von der Universität Kopenhagen, und für gewöhnlich nehme ich keine anonymen Gespräche an.

Zum Erstaunen des Magisters meldete die Stimme sich sofort wieder. Sie war nicht unfreundlich, auch nicht freundlich, nur sehr nüchtern. Ich hoffe wirklich, daß ich mir im Norma nicht irgendeine scheußliche Nahrungsmittelvergiftung zugezogen habe, sagte sich der Magister.

– Ich bin der Wächter des Helms. Es fällt mir etwas schwer zu erklären, wer ich bin. Ich habe keinen Körper. Ich bin, was wir in meinem Zeitalter als »artifizielle Intelligenz« bezeichnen. Wie immer: Ich denke, also bin ich. Aber was ich auch sein mag, jetzt mußt du mir zuhören, und glaube mir, ich allein bin für deine Sicherheit verantwortlich. Was du auch tust, Fremder, nimm den Helm nicht ab. Behalt ihn auf! Du gehst jetzt mit größeren Kräften um, als du ahnst, und es ist sehr wichtig, daß du dich in diesem Moment ganz ruhig und besonnen verhältst. Ohne bösen Willen und ohne dein Verschulden hast du dich selbst wie auch mich in eine äußerst kritische Situation gebracht. Du hast etwas geweckt, das eigentlich für immer schlafen sollte, etwas, das nie wieder erwachen darf. Ein Monster, könnte man sagen.

Nun, das ist ja sehr interessant, erwiderte der Magister mit gespielter Unschuld. Und wo ist dieses Monster denn jetzt?

– Das Monster bist du jetzt selbst. Das heißt, nicht du, sondern das Wesen, das dabei ist, rasch Gestalt anzunehmen, weil einer von Den Alten sich den Helm der Brüderschaft aufgesetzt hat. Ach, wer hätte geahnt, daß etwas so Entsetzliches geschehen könnte, als der letzte Abt versuchte, den Helm zu verstecken, indem er ihn rückwärts in die Zeit schleuderte!

– Okay, sagte Magister Poulsen. Aber bitte störe mich jetzt nicht. Wenigstens nicht in diesem Moment. Was mich gerade beschäftigt, ist höchst interessant. Ich habe angefangen, die Physik ein wenig genauer zu betrachten. Sie unterliegt tatsächlich einem großen Mißverständnis... Mehr als man meinen sollte, wenn man nur den *Scientific American* liest. Eigentlich ist sie viel einfacher, als sie gewöhnlich dargestellt wird...

> *– Nimm dich in acht, sagte der Wächter des Helms unverdrossen mit monotoner, dabei aber sehr eindringlicher Stimme. Nimm dich in acht – es bleibt nicht mehr viel Zeit. Das Glück, das du empfindest, ist nur der Vorbote von etwas sehr Unangenehmem, denn das Schöne ist nichts als des Schrecklichen Anfang...*

– Ach, diese Grundstruktur der Materie! Es ist doch offensichtlich, daß sie mißverstanden wurde, fuhr der Magister nicht minder unverdrossen fort. Zunächst einmal ist es unglücklich, die verschiedenen Wirkungsquanten als *Partikel* zu begreifen. Man muß sie eher als Stränge sehen, als vibrierende und sehr in die Länge gezogene Stränge, die sich durch einen zwölfdimensionalen Raum erstrecken, von dessen zwölf Dimensionen nicht alle physikalisch auf sogenannten normalen Energieebenen realisiert sind... Bei ihrer Durchquerung des für menschliche Instrumente wahrnehmbaren Hyperraums machen diese Superstränge den Eindruck von Partikeln. Die Welt ist ein Gewebe und nicht eine brodelnde Suppe, ja, in Wirklichkeit gleicht sie den alten Plattingmatten, die jütländische Fischer aus verbrauchtem Tauwerk in ihren Booten knüpften, wenn Flaute herrschte...

– Was an der Mentalität Der Alten am schwersten zu verstehen ist, fuhr der Siebte Lord fort, verglichen etwa mit der unseren, sind zwei Dinge:

Erstens ihr bis ins letzte hartnäckig beibehaltenes Interesse für *Planeten*, diese seltenen und fast immer unfruchtbaren Strukturformen, erklärbar nur durch ihren eigenen Ursprung. Infolgedessen wurden ihre Kontakte mit fremden intelligenten Arten im Universum um Zehntausende von Jahren verzögert, da sie systematisch an den unwahrscheinlichsten Stellen suchten. Nur weil man selbst unwahrscheinlich ist, muß das ja nicht für alles übrige gelten.

Zweitens ihre lustvolle Beziehung zu Gewalt, Folter und Zerstörung.

Ich selbst bin ja schließlich kein Grünschnabel in Sachen Zerstörung, habe beispielsweise einen kompletten feindlichen Schlachtkreuzerverband mit Mann und Maus über den Rand eines Schwarzen Lochs gehen sehen, Schiff für Schiff. Natürlich habe ich mit Befriedigung festgestellt, daß ich und mein Geschwader unsere Aufgabe gelöst hatten, die Vorstellung jedoch, irgendeinen Genuß, irgendeine Freude angesichts dieser ungeheuren Zerstörung von technischen und intellektuellen Mitteln zu empfinden, ist mir gänzlich fremd. Wäre ich nicht davon überzeugt, daß es eigentlich weder Anfang noch Ende gibt, und daß daher im Grunde nichts verschwindet, hätte ein solches Ereignis mich traurig gemacht.

Wie anders, wenn ihr an Die Alten und deren blutrünstige Geschichte denkt! Da sind die Krallen des Wolfs und die kräftigen Kiefer der Hyäne nicht weit! Das Raubtier hat sie nie verlassen, das ist die einfache Wahrheit. Ihre gesamte Kunst, ihre Literatur, ja, praktisch alles, was sie an künstlerischen Anstrengungen hinterlassen haben, steht in einer so intensiven und lustvollen Beziehung zur Gewalt, zur absichtlichen Erzeugung von Schmerz, daß ich euch versichere, man muß in der ganzen galaktischen Peripherie suchen, um etwas Ähnliches zu finden.

Der alte Tyrann Vettrinus war ein typisches Exemplar dieser Gattung. Auf der Höhe seiner Macht herrschte er über einen ganzen Kontinent, und ihr könnt mir glauben, es gab keine Form der Hinrichtung, keine Foltermethode, die ihm fremd war.

Zu dieser Zeit, also gegen Ende dessen, was gewisse Historiker als das Dunkle Zeitalter bezeichnen, befand sich sein Heer an nicht weniger als fünf verschiedenen Fronten auf einem raschen Rückzug. Er selbst lag in einer Art Verjüngungstank, da seine Leber all die bizarren Drogen nicht mehr aushielt, die er ihr im Lauf seines Lebens zugemutet hatte, vor allem um seine sadistisch gefärbten sexuellen Genüsse zu intensivieren. An seinem eigenen Hof jagen sich die Intrigen, es ist ein Wunder, daß er nicht schon längst einem Attentat zum Opfer gefallen ist, seine Soldaten desertieren in Scharen und seine Steuereintreiber kehren nicht immer lebend von ihren Aufträgen zurück. Überflüssig zu sagen, daß er seit zwei Jahren in einem unterirdischen Bunker lebt und daß nur ein hochentwickeltes Spitzelsystem in Verbindung mit äußerst skrupellosen Foltermethoden ihn noch darüber auf dem laufenden halten, was in seinem grausamen Imperium mit den Ruinenstädten, wankenden Fronten und bereits heftig rebellierenden Provinzen vorgeht.

In dieser Situation besitzt er die Frechheit, sich mit der Bitte um waffentechnische Hilfe an die Fredegesiusbrüder zu wenden.

Die Brüderschaft verabscheut ihn. Mehr als alle anderen

waren sie von seinen fleißigen Vögten und Foltermeistern verfolgt worden, man hatte sie in siedendes Öl getaucht und ihnen das Hirn mit Elektroschocks ausgebrannt.

... daß ein *Intelligenzverstärker*, im Sinne eines Instruments, welches eine biologische Intelligenz verstärkt, tatsächlich eine Unmöglichkeit ist, wofür vieles sprach. Die Versuche, menschliche Intelligenz chemisch zu verstärken, hatten zu kurzen Räuschen der Klarheit geführt, welche die Versuchsperson für den Rest ihres Lebens mit einem praktisch verwüsteten, fast gänzlich unbrauchbaren Gehirn und schweren Schäden in der Thalamusstruktur bezahlen mußte.

Experimente mit biologischen Symbiosen verschiedener Art, bereits von dem großen Stanislaw Lem vorgeschlagen, führten in eine ganz andere Richtung. Aus den Versuchen, eine Homöostasie mittels eines Tanks mit Millionen von nahrungssuchenden Infusionstierchen zu etablieren, die sich durch die Brownschen Molekularbewegungen in ständiger, zufälliger Vibration befanden, entstand ein großartiges System für fortgeschrittene Tiefenraumnavigation, der sogenannte *Lemtank*.

Alle Versuche, aus dem Tank durch elektromagnetische Wellen eine verstärkte Intelligenz freizusetzen, scheiterten jedoch. Erst als gegen Ende des Dunklen Zeitalters die fraktale und zufällige Natur der menschlichen Intelligenz etwas deutlicher hervortrat, gab Gottfridus von Werra, selbst ein Fredegesiusbruder, einen überraschenden Hinweis.

Was er hervorhob, war eigentlich nur die Bedeutung des *Reims* in der Geschichte der abendländischen Poesie, der Reim als Hilfsmittel, um die Intensität und Ausdruckskraft einer sprachlichen Botschaft ungeheuer zu verstärken, indem er sie sozusagen in Resonanz, in rhythmische Schwingungen versetzte.

Gottfridus behauptete, wenn man mit Hilfe einer induzierten, sanften elektromagnetischen Wellenbewegung dasselbe machen könnte wie der Reim, allerdings nicht in der sekundären Sprache des Organismus, sondern in der primären Sprache, dem Mikrocode, den das menschliche Gehirn intern spricht, würde, bei einer bestimmten Schwingungsfrequenz, ein kumulativer Effekt erzielt. Ungefähr so, wie Soldaten, die im Gleichschritt über eine Brücke marschieren, diese in Schwingungen versetzen, die sogar so stark sein können, daß die ganze Brücke in Gefahr gerät.

Bereits die ersten Experimente waren erfolgreich, obwohl die Versuchspersonen zuweilen zu heftigen epileptischen Anfällen neigten, wenn die Frequenz zu niedrig war. Die Schwingungen, die für das Phänomen der Intelligenzverstärkung erforderlich waren, hatten tatsächlich eine sehr hohe Frequenz.

Schon in einem frühen Stadium bemerkten Gottfridus und seine Freunde außerdem eine bestimmte Gefahr. Der Verstärkereffekt nahm im Quadrat zur Zeitachse zu, so daß eine Person, die den Verstärker zehn Minuten hintereinander benutzt hatte, unermeßlich viel intelligenter war (gemessen an dem, was Gottfridus »Realintelligenz« oder »grundlegender Intelligenzquotient« nannte) als jemand, der den Apparat nur fünf Minuten lang benutzt hatte. Bei längerem Gebrauch, das heißt bis zu zwanzig Minuten, wurde eine Intelligenz von bedeutenden Ausmaßen erzielt, durchaus vergleichbar mit manchen Organismen, die bestimmte interstellare Gaswolken bewohnen und deren Körper nur aus einem elektromagnetischen Feld in einer ausgedehnten Wolke ionisierten Gases besteht. Als die künstlich erzeugte menschliche Intelligenz dieses Niveau zu erreichen begann, hatte es den Anschein, als träten völlig unvorhergesehen Hindernisse – ja, mit Gottfridus könnte man sagen: *Warnungsanordnungen* in Aktion.

Magister Poulsen muß ein ungewöhnlich sensibles Medium gewesen sein. Zu diesem Zeitpunkt, also nach etwa siebenminütigem Gebrauch des Intelligenzverstärkers, befand er sich, auf seiner Bettcouch in der überheizten Gästewohnung im vierten Stock des Bonnierhauses liegend, in einem Zustand jenseits des gewöhnlichen Raums und der gewöhnlichen Zeit. Nachdem er gründlich sämtliche Eigenschaften der subatomaren Partikel bedacht hatte, von *spin* zu *charm* und von *charm* zu *color*, war er gerade zu dem Ergebnis gekommen, daß irgend etwas nicht stimmte.

Tatsächlich erlaubt sich jemand mit uns einen Scherz, und zwar tut er das auf eine rücksichtslose, sehr raffinierte und humorvolle Weise.

Freilich muß es einerseits so sein, daß ich denke, und also bin. Was ich hingegen ernstlich in Frage stellen muß, ist, *ob es eine Welt gibt,* in der ich bin. Je genauer ich sie in ihren Einzelheiten studiere, um so mehr wächst meine Überzeugung, daß das Ganze eine Art Scherz ist. Es ist ein wenig zu *vage,* ein wenig zu probabilistisch auf niederstem Niveau. Es ist wie eine Erzählung. Doch der Erzähler hat sich nicht die Mühe gemacht, alle Einzelheiten zu erzählen. Er hat sie nur angedeutet.

Je länger man hinschaut, um so mehr wirkt das alles kulissenhaft. Ach, dieses Gemälde, das wir die Welt nennen, und das sich stufenweise entwickelt hat und sich immer weiter entwickelt, wie lächerlich, es als »Faktum« zu betrachten, als so etwas wie »alles, was der Fall ist!« Durch die Jahrtausende haben wir in die uns umgebende Finsternis gestarrt, mit blinden Neigungen, Leidenschaften und Schreckensvorstellungen, mit moralischen, religiösen und ästhetischen Forderungen. Immerzu auf den Wellenkämmen unserer ungesunden logischen Gewohnheiten surfend und unserer planetarischen Beschränktheit, unserer Angepaßtheit an eine Temperaturskala, innerhalb derer man von so etwas wie »festen Körpern« und Dingen reden kann, unserem grotesk überkomplizierten sprachlichen System – kein Wunder, daß die Welt überraschend farbig, abwechslungsreich, unheimlich und sinnvoll geworden ist. Wir selbst haben sie so bunt gemacht. Welch erschreckende Monotonie hat nicht die wirkliche Welt im Vergleich zu der unseren! Sie hat Farbe bekommen, doch wir waren die Koloristen! Der menschliche Verstand hat es ermöglicht, daß die Welt der Phänomene auftauchte, hat sie exportiert in die graue Welt des Seienden ...

Man kann sich natürlich fragen, fuhr der Siebte Lord fort, wie die Fredegesiusbrüder auf die wahnwitzige Idee kommen konnten, die grandiosen Waffen, die diese Intelligenzverstärker darstellen, an moralisch so minderwertige Typen wie Vettrinus und seine verrückten Marschälle weiterzugeben. Was bezweckten sie damit?

In diesem Augenblick mochte es völlig grotesk erscheinen, Vettrinus Waffenhilfe zu gewähren, doch bald sollte sich zeigen, daß diese Entscheidung der Fredegesiusbrüder eine Handlung überlegener Weltklugheit war.

Nachdem Gottfridus die sieben Intelligenzverstärker geschmiedet hatte, wurden nur sechs übergeben. Der siebte, dessen Existenz selbst innerhalb der Brüderschaft streng geheim gehalten wurde, hatte die Eigenheit, daß er Herr über die anderen sechs war. Oder, wenn die Herrschaften einen professionelleren Sprachgebrauch vorziehen: die sechs anderen waren zum siebten terminalkonfiguriert. Dies gab der Brüderschaft praktisch über Nacht die volle Kontrolle über eine riesige totalitäre Militärmacht. Sie zögerten nicht, dies auszunutzen. Sie schufen Ordnung, erträgliche Verhältnisse, sie schlossen rechts und links Frieden mit Vettrinus Feinden, ja, im Prinzip brachten sie das Dunkle Zeitalter zu seinem Ende.

Indessen sollte sich zeigen, daß ein längerer Gebrauch besonders des siebten Verstärkers bei seinem Benutzer eine entsetzliche schwarzweiße Depression auslöste. Es war unumgänglich, mehr und mehr von den Ordensbrüdern in das Geheimnis einzuweihen, denn ein einzelner konnte ihn nicht allzu lange tragen, ohne unheilbaren Schaden an seiner Seele zu nehmen. Es war, als sei die Fähigkeit, die Welt als *interessant* zu empfinden, irgendwie verbunden mit den intellektuellen Beschränkungen dieser Wesen. Die menschliche Art kann nicht viel Wirklichkeit vertragen.

Wer den Helm zu lange trug, den befiel das, was Die Alten *acedia* nannten, er sah die Welt ihre Farbe verlieren.

Dieses Übel ließ sich unter Kontrolle halten, wie ich schon sagte, indem man Schichtarbeit mit dem Helm einführte. Stärkere Naturen pflegten sich vom Gebrauch des Helms durch eine Zeit der Entspannung zu erholen, ein paar Monate in klosterartiger Umgebung. Andere brauchten Jahre.

Es gab aber eine andere, eine nicht vorhersehbare Komplikation. Der Intelligenzverstärker störte. Er störte – irgend etwas. Was dieses Etwas war, ließ sich schwer sagen. Vielleicht eine andere Intelligenz, die sich auf ähnlichen Frequenzen befand. Vielleicht störte Gottfridus' Erfindung irgendein seit langem schlafendes Wesen von elektromagnetischem oder ionisiertem Gastyp in der Orthwolke? Vielleicht befand sich dieses Wesen sogar in der Tiefe eines der Meere dieses Planeten? Das ist nicht leicht herauszufinden. Jedenfalls, wer dieses Wesen auch war, und wie immer es die Anwesenheit einer anderen, wirklich großen Intelligenz in seiner Nähe wahrnahm – es schien die Resonanz (die vielleicht ein scharfes Pfeifen in seinem Inneren war) als Zeichen dafür zu nehmen, daß irgend etwas nicht stimmte, ganz und gar nicht stimmte. Infolgedessen rüstete sich dieses Wesen – was wissen wir, vielleicht war es ein Organismus, ebenso unschuldig wie ein Welpe, der unter einem Baum mit den Schatten spielt, vielleicht war es ein sehr alter Meister in einer sehr alten Kultur, oder eine Kombination von beidem – zur Gegenwehr.

Diese Gegenwehr führte, wie man es ausdrücken könnte, zum Ende Der Alten, auch wenn sie sich äußerlich gesehen zu verteidigen wußten. Es war, als habe die Anstrengung diese Kultur ihre letzten Kräfte gekostet. Die letzten Fredegesiusbrüder vergruben die sieben Helme in einem Zeitgewölbe und versahen es mit kunstvollen Schlössern, die im Bruchteil von Sekunden zwischen verschiedenen Zeiten oszillierten. Im Prinzip sollte keiner, absolut keiner außer einem Zeitreisenden in der Lage sein, dieses Gewölbe mit seinem verhängnisvollen Geheimnis zu öffnen ... Der Fremde schläft, wie wir annehmen dürfen, nunmehr wieder fest und ungestört.

Fasziniert starrte Magister Poulsen wieder an die Decke. Er begann, etwas vom Charakter des Raums und der Zeit zu begreifen, was er zuvor nicht einmal geahnt hatte. Es war nichts anderes als eine Art zu denken! Eine Art zu denken, die sich aus dem Inhalt der Gedanken zur eigenen Form der Gedanken entwickelt haben mußte, weil so viele Erdenwesen so viele Jahrmillionen lang ihren Gedanken diesen Inhalt gegeben hatten. In Wirklichkeit aber war es nur eine Art zu denken. Alles befand sich am gleichen Platz und am gleichen Zeitpunkt, wenn man nur eine Idee festhalten konnte... Moment mal... eine Idee, die im Grunde lächerlich einfach war.

Aber halt, wenn es so war, dann mußte ja...

In diesem Augenblick überkam Magister Poulsen auf einmal ein überwältigendes Machtgefühl, eine dunkle, erschreckende, fast unerbittliche Macht, jedenfalls unbezwinglich, eine Macht, die ganz unvereinbar war mit seinem sanften dänischen Temperament. Mit diesem Machtrausch ging das entsetzlichste Gefühl von Leere und Nichtigkeit einher, das Gefühl, in einer schwarzweißen Welt zu leben, nein schlimmer, in einer Welt, die eine Tautologie war, ein schlechter Witz, ein überaus dummer Scherz, dadurch entstanden, daß ein Kind spielerisch ein Blatt Papier auf eine besondere Art gefaltet hat. (»Eine Ideologie läßt sich am besten als fixe Idee beschreiben«, sollte er später bemerken.)

Es war abscheulich einfach, und alles war nur ein äußerst trivialer Scherz.

Komisch, daß ich als Kind nie daran gedacht habe, sagte sich Magister Poulsen, der plötzlich nicht mehr wußte, ob er leben oder sterben wollte.

Als Björn Poulsen am folgenden Nachmittag, für ihn der Morgen, aus der Verlagstür trat, winkte ihn der Pförtner des Verlags, Herr Magnusson, zu sich her.

– Es war ein Herr da, der schon mehrmals nach Ihnen gefragt hat. Aber ich wollte Sie nicht wecken. Er sagte, er würde wiederkommen. Er heißt Dr. T. Weiss und ist wohl Amerikaner. Er sammelt alte Lampenschirme.

Magister Poulsen hatte bereits den Herrn entdeckt, der in einem abgetragenen Burberrymantel und mit einem breitkrempigen Hut und schwarzen Stulpenhandschuhen, die aussahen wie die eines Motorradfahrers, ein Stück von der Pförtnerloge entfernt an der Wand des Gewölbes lehnte, außerhalb des Lichtkreises, den die Lampe in der Toreinfahrt warf.

– Dr. Weiss, wie ich vermute? Ich wäre Ihnen aufrichtig verbunden, wenn Sie Ihren verfluchten Lampenschirm abholen und ihn so weit von mir wegbringen würden, wie nur irgend möglich! Haben Sie verstanden?

Der Fremde antwortete lediglich mit einem vielsagenden Lächeln.

Es begann gerade zu schneien, und die schweren, nassen Flocken fielen auf ein immer winterlicheres Stockholm.

8.

(Die Gäste der Medusa)

Der Achte Lord fuhr fast ohne Pause fort, als der Siebte geendet hatte:

– Die sogenannte *Intergalaktika* geht mir nicht aus dem Kopf.

Auf ihre Art ist sie der interessanteste Gegenstand innerhalb meines Wissensgebiets. Vielleicht gerade deshalb, weil ich nichts darüber weiß. Wir sagen beispielsweise, dieses fremde Riesenschiff sei aus »einer anderen Galaxis« gekommen und die Begegnung mit ihm sei einzigartig. Denn es habe sich »über größere Entfernungen« bewegt, sei »von weiter her« gekommen als jeder andere feste Körper, den wir zu diesem Zeitpunkt kannten. Aber es ist ja keineswegs sicher, daß die Fremden die gleiche Raumvorstellung haben wie wir. Vielleicht war »Entfernung« für sie eine ganz andere Kategorie, etwas wie »Intensität« oder »Dichte« oder »elektrische Ladung«. Vielleicht repräsentierten sie eine Lebensform, für die es völlig natürlich war, durch den leeren Raum zwischen den Galaxien zu driften?

Vielleicht existierten diese seltsamen Wesen schon lange, bevor es die Galaxien gab? Vielleicht waren sie die ursprünglichen, friedlichen Bewohner des Raums? Das ist schwer zu erraten.

Schnell entfernte sich das kaiserliche britische Schiff Indischer Nation, so schnell wie es seinen archaischen Ionenmotoren überhaupt möglich war, von dem Ort, an dem die Menschheit mit etwas mehr Geduld zum erstenmal etwas über das Leben in einer fremden Galaxis hätte lernen können.

Die sechs Standbilder, wie man sie lange nannte, schmückten das private oder öffentliche Skulpturenkabinett so manches habgierigen Herrschers, und zuletzt das legendäre Museum von Gor, das während der langwierigen verzweifelten Auseinandersetzung der Fredegesiusbrüder mit dem Fünften Imperium zerstört wurde. Nach dem Ende des Dunklen Zeitalters sind sie offenbar nicht wieder aufgetaucht.

Übrigens habe ich mit großem Vergnügen der lehrreichen Erzählung meines Kollegen gelauscht, diesen anschaulichen Szenen aus den letzten Jahrhunderten des Dunklen Zeitalters mit ihren politischen Gruppierungen und brutalen Machtkämpfen. Und noch mehr habe ich den kühnen Versuch bewundert, eine viel ältere und höchst unvollständig erforschte Epoche zu schildern, das faszinierende späte 20. Jahrhundert mit seiner Mischung aus Unschuld, Bösartigkeit und Wahnsinn. Ich muß sagen, es war besonders fesselnd für mich, wie Stockholm authentisches Leben erhielt, dieses sagenumwobene alte Seeräubernest, das ja leider nie einer gründlichen archäologischen Untersuchung unterzogen wurde.

Hingegen muß ich gestehen, daß mich das ganze Gerede von der »Intelligenz«, die in der Erzählung des Kollegen zweifellos eine wichtige Rolle spielt, doch ein wenig ermüdet hat. Eine völlig undefinierte Eigenschaft! Bin ich intelligent? Ich nehme es an. Jedenfalls bin ich imstande, eine Geschichte zu erzählen oder zwei. Und ich kann eine solche alte Segelflotte durch die Orthwolke bringen, ohne allzu großes Muffensausen zu bekommen.

Außerdem könnte ich, falls jemand das wünscht, selbstverständlich das ganze Schiff in wenigen Sekunden mit Lösungen von Gleichungen sehr hohen Grades überschütten. Gebt mir Shakespeares gesammelte Werke als Gödelzahl, und ihr bekommt jedes verflixte Sonett noch am gleichen Nachmittag zurück. Bin ich deswegen intelligent? Das bezweifle ich, meine Herren.

Aber jetzt frage ich also: Ist eine Rentierflechte auf einem Findling in einer arktischen Tundra unintelligent? Ist sie dümmer als ich? Diese schlaue Symbiose zwischen Pilz und Alge, mit ihrer unglaublichen Fähigkeit, nur mit Hilfe von wenigen Wassertropfen aus dem harten, fast durchgehend schneebedeckten Felsgrund aus Granit und Gneis genau die Substanzen auszuwaschen, die sie benötigt, um ihr genetisches Programm durch die Jahrmillionen weiterzuführen; vielleicht bis ihre Stunde kommt, bis sie wirklich gebraucht wird und ein Werk vollbringen muß, das keine andere Art an ihrer Stelle tun kann.

Sie ist gar so langsam, sagt ihr, in ihren Reaktionen ist sie so wenig schnell und anpassungsfähig – aber es kommt ja darauf an, womit man sie vergleicht. Ihr seid verwöhnt mit den Geschwindigkeiten, genau wie Die Alten. Die Langsamkeit, die ihr an den Flechten der Erde zu beobachten meint, sind nichts als perspektivischer Schein, sage ich. Verglichen mit einer *Tangulette* auf Planet Beta (1290/532 B im Grock-Verzeichnis), ist jede irdische Schwalbe ein sehr langsamer Flieger. Verglichen mit den meisten Abläufen im Universum ist das Leben der Alge ungeheuer schnell, intelligent, eine verblüffend schlagfertige und überlegene Erwiderung, könnte man sagen, auf die einfältige und impertinente Frage, die Frost und Findling ihr gestellt haben.

Oder nehmt die unwahrscheinliche Begebenheit, die sich im Dritten Britischen Imperium Indischer Nation abspielte. Ein kaiserliches Forschungsschiff, unterwegs in großer Tiefe (und mit großer Tiefe meine ich *wirklich* große Tiefe: dieses Schiff befand sich in dem, was wir als Äußere Galaktische Peripherie bezeichnen, um einige interessante Konsequenzen aus der Eigenrotation der Galaxis zu untersuchen), traf ohne vorherige Warnung mit etwas zusammen, was wir alten Schiffer uns immer zu sehen erträumt haben, allerdings ohne die geringste statistische Chance in unserer ganzen Lebenszeit, und was wir nur vom Hörensagen kennen: eins von den äußerst seltenen *intergalaktischen* Schiffen. Doch, es gibt sie!

Aber es sind wenige, sehr wenige, das könnt ihr mir glauben.

Diese alte starke, ungeheuer erfahrene Auster, dunkel wie das Wasser in einem seit Jahrhunderten eingestürzten Bergwerk, mit einer Oberfläche, der nicht einmal die raffiniertesten Radarsonden ihr Geheimnis entlocken konnten, einer Oberfläche, die dafür konstruiert sein mußte, Zusammenstöße mit herumschwebenden Riesenpartikeln einer für uns unvorstellbaren Größenordnung zu überstehen, diese Auster lag gerade in einer Umlaufbahn um eine ziemlich isolierte Sonne der niedrigen Spektralklasse, vermutlich, um irgendwelche Reparaturen durchzuführen, oder um Informationen über sie einzuholen. Wahrscheinlich handelte es sich um Informationen, die uns trivial erscheinen würden, für diesen Fremdling aber ganz sensationell waren. Es ist schwer zu wissen, ob der Fremde sich schon lange in der Galaxis aufhielt, oder ob dies vielleicht sein erster Gasthafen war, nach dem ungeheuren Sprung, mit dem er die sogenannten Unüberwindlichen Tiefen überwunden hatte. Wer weiß, ob er eine »Sonne« sah oder annahm, in einer »Galaxis« zu sein. Genaugenommen kann seine Welt so verschieden von der unseren sein, daß nicht einmal ein annähernder Vergleich möglich ist.

Das Schiff war in seinen physischen Dimensionen gigantisch, größer als viele Planeten, und mit der gleichen Rundung wie diese. Doch im Unterschied zu einem Planeten hatte es eine Oberfläche, die weder blank und reflektierend war (wie eine Wasseroberfläche), noch narbig von Kratern. Das einzige Adjektiv, das dieser Oberfläche zu entsprechen schien, war »unbegreiflich«. Der wandernde Riesenplanet hatte eine gerundete, aber im übrigen unbegreifliche Oberfläche. Kein Gas, kein Meer, kein glühendes Plasma. Nichts als Unbegreiflichkeit.

Diese Oberfläche schien alles Licht in ihrer Umgebung eher zu absorbieren als zurückzuwerfen. Das ist es, was an verborgene schwarze Wasser in der Tiefe unterirdischer Räume denken läßt, vor endloser Zeit überschwemmt und dann von keinem menschlichen Auge mehr gesehen. Vielleicht war sie selbst das Auge des Ganzen, und ihre Schwärze war die Schwärze einer riesigen Pupille?

Denn es ist nur eine hypothetische Vermutung, daß dieser fremde Gegenstand ein Schiff, eine Fähre war. Genausogut konnte er ein einsamer Organismus sein, vielleicht einer einzigartigen Gattung zugehörig, die in einer sehr langen Evolution die Fähigkeit entwickelt hatte, Fahrten dieser Art zu unternehmen. Ob es viele solche Individuen oder viele solche Arten gibt (die dann von Rechts wegen das große leere Fach der Taxonomie füllen müßte, seit Jahrtausenden von Biologen diskutiert: *Intergalaktika*), oder vielleicht nur jeweils eins in jedem Universum – ja, das weiß keiner.

Die *Intergalaktika*, was oder wer das nun auch sein mochte, bildete einen fast idealen schwarzen Körper in dem Bestreben, wie man vermuten darf, während der Passage oder den Passagen zwischen den Galaxien auch nicht ein Photon von ihrer Energie an die Außenwelt abzugeben.

Infolgedessen war es für das indische Schiff sehr schwierig, sich in seiner Umlaufbahn um dieses Riesenschiff ein klares Bild davon zu machen, womit man es in diesem Fall zu tun hatte. Natürlich gab es die Vermutung, es sei etwas äußerst Ungewöhnliches, aber was, das war schwer zu sagen. Vielleicht hegte man auch den ehrgeizigen Traum, mit einem sensationellen Bericht heimzukehren, von einer Neuentdeckung.

Ohne die geringste Ahnung zu haben, was er gefunden hatte, beschloß der Kapitän des kaiserlich indischen Schiffs, eine bemannte Rekognoszierungssonde mit dem Auftrag loszuschicken, wenn möglich auf der Oberfläche zu landen und Proben zu entnehmen. In jenem fernen Zeitalter war das eine Art Standardverfahren; man hatte noch nicht recht erkannt, welche biologischen Gefahren ein so unvorsichtiger Umgang mit Originalsubstanzen mit sich brachte.

Die sechs Männer, die also zu einer tiefschwarzen und anscheinend ebenen planetenartigen Oberfläche ohne jegliche Atmosphäre hinabstiegen, einer Oberfläche, die im Gegensatz zu vielen anderen durchaus keine Anstalten machte, sich in Einzelheiten aufzulösen, als sie im Abstand von wenigen Zentimetern darüber hinschwebten, diese sechs müssen böse Vorahnungen gehabt haben.

Oder waren sie womöglich hoffnungsvoll? Glaubten sie, es bestünde die Möglichkeit, daß es sich um eine Fähre handelte, hofften sie, auf die eine oder andere Art mit dem Fremden ins Gespräch zu kommen? Ja, vielleicht sogar – was merkwürdigerweise bei vielen in solchen Situationen der tiefste Wunsch zu sein scheint – *von vollständig fremden Augen gesehen zu werden*? Ein Wunsch, der nur verständlich wird, wenn man sich in die seltsame Säugetierbiologie Der Alten einfühlt. Jedenfalls: sie steigen hinab und fliegen über die tiefschwarze und offenbar ganz glatte Oberfläche des fremden Wanderplaneten *Intergalaktika* hinweg. Ist es eine flüssige Oberfläche, oder ist sie fest genug, um darauf zu landen? Vielleicht ist es in Wirklichkeit die Hornhaut eines sehr großen Auges, die sie überfliegen?

Die Forscher des kaiserlich indischen Schiffes waren nicht dümmer, als daß sie Gefahr witterten. Diese »Landschaft« war in keinem vernünftigen Sinn geologisch und konnte also auch nicht in geologischen Begriffen diskutiert werden. Eine Wahrscheinlichkeitslandschaft, genauso abstrakt wie ein Bildschirm, über den sie sich selbst bewegten wie ein langsamer *prompt*.

Sie überfliegen die Oberfläche etwa fünfzehn Minuten lang, ohne daß sich irgend etwas verändert. Sie beschließen (wie sie über Funk mitteilen), nicht zu landen, da es ihnen zu riskant erscheint, und die Sonde erhält die Genehmigung, zum indischen Mutterschiff zurückzukehren. Nach dem Docking herrscht dort drinnen völlige Stille. Es werden keine Anstalten gemacht, die Schleuse zu öffnen. Schließlich dringt man in die Sonde ein, und was man dort findet, ist so bizarr, so überraschend, daß bisher keiner dieses Mysterium hat lösen können. Vielleicht war es so, daß die sechs doch gesehen worden waren? Vielleicht hatte ihnen doch jemand seinen Stempel aufgedrückt?

Nach allem, was wir wissen, kann dieses Schiff Jahrmillionen lang unterwegs gewesen sein. Es ist möglich, daß es nicht eine, sondern mehrere fremde Galaxien besucht hat. Es ist möglich, daß seine Besatzung Geheimnisse kannte und Kenntnisse besaß, denen keiner in dieser Galaxis je auf die Spur kommen wird. Wie sah es dort drinnen aus? Wie in einem dröhnenden, weißglühenden Ofen in einem Stahlwerk? Wie in einer Klippe aus uraltem Granit, wo zahllose kleine Kristalle in säuberlich geordneten Mustern schlafen und nicht viel von sich her machen? War das alles ein einziger Organismus? Eine artifizielle Intelligenz? Ein Wesen aus einem fremden Meer? Ein verirrtes Projektil eines vor Jahrmillionen glücklich beendeten Kampfes? Eine Boje, die sich in einem kosmischen Sturm von ungeheurem Ausmaß aus ihrer Verankerung losgerissen hatte? Oder nur ein versprengter Gedanke, ein Auge mit der Aufgabe, zu sehen und zu sehen, jedoch ohne einen Empfänger, um ihm das Gesehene mitzuteilen?

Fragt mich nicht! Was weiß denn ich armer alter Raumschiffer von solchen Dingen? Ihr müßt wissen, auch für mich ist die Vorstellung von *etwas, das nicht in der Galaxis zu Hause ist*, ziemlich erschreckend. Hätte ich das Kommando geführt, wäre ich wohl etwas vorsichtiger zu Wege gegangen. Dann wäre aber das Ergebnis wohl nicht so bemerkenswert und schockierend gewesen.

Logischerweise registrierte dieses fremde Schiff, oder der fremde Organismus, *Intergalaktika*, daß es überflogen wurde. Für die Aufgabe konstruiert, mit äußerster Empfindlichkeit selbst die schwächsten Signale aufzufangen, ja, Energiemengen klein wie das kalte Licht eines fer-

116

nen einsamen Sterns aufzusaugen, muß ihm die Sonde als ungeheuer lärmend, ja, vielleicht als blendend erschienen sein. Fühlte es sich bedroht? Vermutlich hatte es in diesem Augenblick eine überwältigende Fülle von allen möglichen und unmöglichen Fakten aufzunehmen und zu bewältigen. Ein Mann, der gerade an einem schönen Sommerabend einem Freilichtkonzert lauscht, ist indessen kaum an einer Mücke interessiert, die hartnäckig seinen Kopf umschwirrt. Möglicherweise irritiert sie ihn, aber das ist auch schon alles. Es brauchte eine Weile, bis die Besucher bemerkt wurden.

Aber der Boden, der Boden! Diese unablässig strömende schwarze Flut von Wirklichkeit und Verwandlung war kein Boden! Gott weiß, was es war, aber ein Boden jedenfalls nicht! Es war, als habe jemand, vielleicht mit furchtbar grausamen Mitteln, diesem Strom die Vorstellung vermittelt, er müsse stets schweigen, sich passiv verhalten, eigenschaftslos sein, was immer ihm zustieß. Radarechos, Röntgenstrahlen, ultraviolettes Licht – alles wurde nur absorbiert, nichts kam zurück.

Nachdem also diese Sonde aus unserer eigenen Welt, aus unserer eigenen Galaxis, mit offensichtlicher Mühe, als habe ihre totale Masse in den letzten Sekunden ungeheuer zugenommen, zum Mutterschiff zurückgekehrt ist und sich mit einer Bewegungsenergie angekoppelt hat, die wie ein bedrohlich schwerer Stoß das ganze Schiff erschüttert, und dann gewaltsam von außen geöffnet wurde (da von drinnen nicht das geringste Lebenszeichen kommt), bietet sich den Anwesenden ein so bizarrer Anblick, daß sie ihn kaum in Worte fassen können: in der Sonde stehen, ordentlich von vorn bis hinten aufgereiht, als hätte jemand einen Tempelbau archaischen Zuschnitts begonnen, sechs blanke Säulen aus einem Material, das aussieht wie schwarzpolierter Basalt. Sie sind von gleicher Höhe und haben den gleichen Durchmesser.

Heraustransportiert – sie sind entsetzlich schwer, und der Verdacht, es könnten Bomben sein, verzögert die ganze Prozedur –, und vorsichtig unter den starken Scheinwerfern des Mutterschiffs in einer Reihe aufgestellt, zeigt es sich, daß ihre blanke Oberfläche ein rotes Muster trägt.

Es dauert eine Weile, bis jemand erkennt, daß diese Muster *Anamorphosen* sind, seltsam in die Länge gezogene geometrische Projektionen von den Körpern der sechs Männer, als hätte man sie von einer Ebene auf die Oberfläche eines Zylinders projiziert, oder von einem Zylinder auf eine Ebene, und dann zurück auf die Oberfläche des Zylinders, mit einer eigentümlichen Transformation dazwischen. Jedoch so, als würden sie durch ein äußerst bizarres optisches Instrument gesehen (vielleicht von einem Auge unbekannter Konstruktion), zugleich wohlbekannt und so fremd und furchterregend, daß es keine andere Deutung gab als diese: ihr Wunsch war in Erfüllung gegangen. Sie waren von jemand oder etwas grundsätzlich Fremdem gesehen worden.

Und die Art, wie der Fremde sah, hat sich, während er selbst unsichtbar blieb, aufs wunderbarste und schrecklichste mit dem Bild des Gesehenen vermischt.

Die folgenden Untersuchungen konnten, wegen der ungeheuren Härte der Oberfläche, keine erschöpfende Antwort auf die Frage geben, ob die sechs Männer da drinnen konserviert waren – nachdem sich ihre Körper in verschiedenen topologischen Transformationen schließlich auf einer Zylinderfläche abgebildet fanden, oder ob es nur ihre Abbilder waren, die die *Intergalaktika* anständigerweise zurückgegeben hatte.

Eine spätere Forschergruppe, vermutlich die letzte, die Gelegenheit hatte, *Die Sechs Standbilder* zu studieren, wie man diese Anamorphosezylinder eine Zeitlang nannte, bevor sie endgültig in einem der letzten Kriege oder Palastrevolutionen des Dunklen Zeitalters aus der Geschichte verschwanden, kam zu einem viel frappanteren Ergebnis:

Der außergalaktische Organismus, der diese sechs Männer in dekorative Anamorphosen auf der Oberfläche blankpolierter Zylinder verwandelte, war tatsächlich *so* fremd, daß er vermutlich nicht die leiseste Ahnung davon hatte, was er mit ihnen anstellte. Dies war ganz einfach die Art, wie das fremde Riesenschiff (oder der fremde Riesenorganismus) die sechs in eine für ihn begreifliche Form umwandelte.

In Wirklichkeit, so argumentierte diese Gruppe, holen wir keine Information ein, ohne sie irgendwie umzuwandeln. Nicht einmal der schwächste Lichtstrahl, und sei es auch nur das Licht eines Sterns, vom Rauhreif an einem Grashalm reflektiert, kann umhin, von der Linse unseres Auges gebrochen und kontrastverstärkt zu werden, und schließlich seinen scheinbaren Tod auf unserer Netzhaut zu sterben, um als elektrochemisches Signal in Sehnerv und Gehirn wieder aufzuerstehen. Jedes Bild, das wir gesehen haben, ist der stille Tod und die ebenso stille Auferstehung dieses Bildes in der Form des synaptischen Gehirnimpulses. Durch unseren Geschmackssinn, Geruchsinn und Tastsinn verändern wir Form, Temperatur und Lage der Gegenstände.

Es lasse sich durchaus behaupten, fügten diese Forscher

hinzu, daß die *Intergalaktika* mehr von dem ursprünglichen Bild zurückgebe als unser Auge aus einer einfallenden Photonmenge zu machen vermöge.

Ja, dieser Fremde, Produkt einer total andersgearteten Welt, unendlich fern der unseren, und also im Besitz einer völlig fremden Epistemologie, hat überhaupt nichts mit den sechsen unternommen. Der Fremde war weder freundlich noch unfreundlich, weder feindselig noch besonders beteiligt: die *Intergalaktika* hat sie ganz einfach für einen Augenblick betrachtet – vermutlich um rasch festzustellen, daß sie uninteressant waren. Vielleicht genauso uninteressant wie eine mikroskopische Milbe, die an einem Sommertag ins Wasserglas eines Touristen geraten ist.

Dieses Betrachten aber genügte, um die Männer in anamorphe Muster auf sechs nach der Legende unzerstörbaren Zylindern zu verwandeln. Denn dies war die Form, in der dieses radikal Fremde sich überhaupt irgendwelche Informationen über sie aneignen konnte.

Man könnte sagen, die sechs seien ihrer Medusa begegnet. Und diese habe sie umgehend und folgerichtig in Stein verwandelt.

Eine Frage, welche Die Alten zu stellen vergaßen, ist die nach der Gültigkeit des Bilds. Vielleicht hat die Medusa sie auf eine wahrhaftigere Art gesehen? Vielleicht sehen alle Menschen so aus, *mit einem objektiveren Blick betrachtet*?

Ich brauche kaum zu betonen, was für einen Verlust das Verschwinden dieser sechs Zylinder bedeutet. Mit ihrer Hilfe hätte man möglicherweise nicht nur rekonstruieren können, wie diese extremen Fremden die Welt »sahen«, wie ihre kantianischen Kategorien und Anschauungsformen beschaffen waren, kurz gesagt, in was für einer Art von Welt sie lebten. Wenn sie nur überhaupt das Gefühl hatten, »in einer Welt« zu leben.

Zudem hätte man vielleicht auch tieferen Einblick in die Frage bekommen können, was »ein Mensch« ist.

Die Alten hatten so viele sonderbare Vorurteile. Eines davon war ihr übertriebener Respekt vor der Hierarchie der Nahrungsmittelkette. Warum sollte es vornehmer sein, an ihrem Ende zu leben als an ihrem Anfang? Warum sollte es als intelligenter gelten, das Rentier zu sein, das sich von der Flechte ernährt, als die Flechte, die sich vom Stein ernährt? Ich glaube, Die Alten waren imstande, diese provinzielle Bewunderung aufrechtzuerhalten, bis sie gegen Ende des Dunklen Zeitalters die peinliche Entdeckung machten, daß es Irgendetwas gab, das schon lange an ihnen selbst gezehrt hatte, nicht an ihren schwerverdaulichen Proteinketten, gottbewahre, sondern an ihrer geistigen Aktivität. Und daß dieses Etwas, das sich von ihnen ernährte, sie die ganze Zeit über sichtbar umgab, nur daß sie es nicht sahen, als sie es »Sprache« nannten. Für sie war das ein Schock, von dem sie sich nicht mehr erholten. So schwer fiel es ihnen, zu begreifen, daß ein »Programm« ebenfalls ein Organismus ist, wenn auch einer, der seinen Körper von anderen borgt.

Uns, die wir jetzt an ihrer Stelle sind, fällt es nicht leicht, diesen Kult der Hierarchie zu verstehen. Ich für mein Teil lebe einfacher als die einfachste Flechte. Ich beziehe in jeder Sekunde Energie von einigen Quadratmeilen Sonnensegel, und falls ich nicht jemand anderem das Licht wegnehme, was höchst unwahrscheinlich ist, lebe ich mein ganzes Leben, ohne daß es auch nur das kleinste Wesen das Leben kostet, sei es organisch oder artifiziell. Ich kann

nicht sehen, daß mich dies besonders »unintelligent« gemacht hätte. Es hat mich nicht einmal ungefährlich gemacht. Wenn mir jemand etwas Böses will, kann ich in den
meisten Wellenbereichen ganz schön zuschlagen, aber nur
defensiv, wie die Feuerqualle oder der Wüstenkaktus sich
gegen jemanden wehren, der ihnen ungebührlich nahe
kommt.

Wie gesagt: natürlich führte dieses Vorurteil, man
könne nur auf diese spezielle Art intelligent sein, bei Den
Alten zu den voreiligsten Schlußfolgerungen und gera-
dezu tragikomischen Enttäuschungen, besonders auf
einem Gebiet. Und zwar auf dem, das sie mit einer klassischen Formulierung als »die Suche nach intelligentem
Leben im Universum« bezeichneten.

Eine solche Suche ist völlig witzlos, solange man sich
nicht auf eine befriedigende Art klarmacht, was man mit
»intelligent« und mit »Universum« meint. Die Suche nach
viereckigen Zigarren in einer nicht existierenden Zigarren-
schachtel ist ein realistischeres Projekt als das, was Die
Alten sich vorgenommen hatten.

Sie erkannten weder, daß das, was sie »Universum«
nannten, im Wesentlichen ihre eigene, allzu willkürliche,
poröse und unklare Interpretation ihrer örtlich bedingten
und verzerrten Meßdaten war, noch war ihnen bewußt,
daß sie mit »Intelligenz« eine Kombination von Eigenschaften meinten, die im großen und ganzen ihre eigenen
waren, jedoch kaum kennzeichnend für irgendeine andere
Gattung auf der ganzen Welt. Sie begannen also, in einem
relativ frühen historischen Stadium, nach »Signalen« von
Wesen wie sie selbst zu horchen. Jedoch übersahen sie dabei, daß es, falls mit »intelligentem Leben« im »Universum« gerade *ihr Leben* in *ihrem Universum* gemeint war,

natürlich nur eine einzige intelligente Art im ganzen großen Universum existierte. Und als nach einigen Jahrtausenden des Signalisierens und Horchens der Philosoph Walter Thomson aus Australien den eigentümlich klingenden metaphysischen Gedanken formulierte, Jahrtausende der Funkstille würden beweisen, daß es nur eine intelligente Gattung gebe, *eine in jedem Universum*, hatte er, ausgehend von den gegebenen Definitionen, vermutlich recht. In dem Augenblick, als diese Signale ausgesandt, diese Antennen zum Lauschen ausgefahren wurden, gab es vermutlich keine andere Gattung, jedenfalls nicht in der Milchstraße, um die ohnehin immense Auswahl wesentlich zu beschränken, die sich mit etwas Derartigem beschäftigte.

Hätten Professor Thomson und seine Freunde stattdessen eine erfrischende Pilzwanderung unternommen, wären sie hochintelligenten Wesen begegnet, die imstande waren, in kurzer Zeit aus vermoderndem Holz die kompliziertesten Riesenmoleküle herauszulösen und daraus Gifte zu synthetisieren, halluzinatorische Substanzen, Phalloidin, Amanitin. Ach, diese Gallertfleischigen Fältlinge, diese Klebrigen Hörnlinge, die an Baumstümpfen, in Gehölzen wachsen – was hätten sie euch nicht über außermenschliches intelligentes Leben lehren können! Dieses dämliche Ausstrahlen von Funksignalen aus Riesenteleskopen! Genauso einfältig, als lehne man sich mitten in der Nacht aus einem dahindonnernden D-Zug und gäbe mit der Trillerpfeife ein kurzes Signal in den nachtfeuchten Wald in der Hoffnung, die Pilze würden sogleich antworten. Am besten mit einem Pfiff.

Ach, diese Irrtümer waren nur der Anfang! Es sollte bis zum Ende des Dunklen Zeitalters dauern, bis Die Alten auch nur im entferntesten ahnten, wie anders das Leben außerhalb des eigenen Planeten sich darstellen konnte. Und bis sie eine gewisse Vorstellung davon bekamen, daß dieses Leben viel variationsreicher war als die Lebensformen auf der Erde untereinander. Es gibt intelligente Lebensformen, die einem Menschen so unähnlich sind, daß eine Qualle oder eine Seegurke im Vergleich dazu dem Menschen enger verwandt zu sein scheinen.

Wieviel Zeit mußte erst vergehen, bis sie das erkannten! Und daß es für all diese Lebensformen ein Universum gab, das ihr spezielles war, das Ergebnis ihrer langsamen und mühseligen biologischen Entwicklung. Ach, wie naiv war es doch von den ersten Raumfahrern zu glauben, daß auch diese Fremden sich selbst als Inventar einer Welt empfanden, die mit »Sonnen«, »Planetensystemen«, »kosmischen Nebeln« und »Galaxien« bevölkert waren!

Ach, die meisten dieser intelligenten Fremden wären nie von der Existenz eines sternenbesäten Universums mit Galaxien, Sternennebeln und Supernovae zu überzeugen. Einige davon lebten in einer Welt, wo die quantenmechanischen Wellenfunktionen in ihrem Hilbert-Raum oszillierten, »soweit das Auge reichte«. Für andere Wesen war die Welt dicht, genauso dicht wie Granit in den dicken unteren Schichten der Erdrinde. Fourier-Komponenten marschierten auf, taktfest wie Zinnsoldaten in ihrem Impuls-Raum, und für eine dritte Gattung gab es eine dritte Welt, in der Konfigurationen von vielen Teilchen durch den Phasenraum schwebten »wie Wolkenschatten übers Land«.

Nicht einmal die Vorstellung, »im Raum zu reisen«, geschweige denn, »in einem astronomischen Universum zu leben«, ist sonderlich verbreitet oder zweckmäßig. Doch für Die Alten gab es keine andere Sichtweise. Kein Wunder, daß tausend intelligente Lebensformen ihrer Aufmerksamkeit entgingen, noch Zehntausende von Jahren, nachdem sie die Möglichkeit hatten, sie zu entdecken.

Man wird es ja nie leid – ich zumindest nicht –, die vielen seltsamen Vorurteile Der Alten gegenüber sogenannten *aliens* zu erörtern, dem also, was sie als *intelligentes fremdes Leben im Universum* empfanden und bezeichneten. Vorurteile, die ihnen in ihrer ganzen bewunderungswürdigen Geschichte so oft einen Streich gespielt haben. Als sie ernstlich mit der Raumfahrt beginnen, im Anfangsstadium des Dunklen Zeitalters, häufen sich die unterhaltsamsten Anekdoten über all die Fehler, die sie draußen im tiefen Raum begehen. So mancher Gesandte von einem fremden Schiff wird unhöflich übergangen, während man versucht, mit den kleinen Fischen ins Gespräch zu kommen, die in seinem Mund herumschwimmen, um ihm einen frischen Atem zu verschaffen!

So mancher fremde Philosoph wird mit seinem Hörapparat verwechselt, so mancher gelehrte Astronom oder Historiker mit seiner Brille. Wie leicht wird ein harmloses Zubehör des Fremden, sagen wir, das Äquivalent eines Monokels, eines Regenschirms, ja, eines Bleistiftspitzers oder eines kostbaren Zigarrenabschneiders, als tödliche Waffe mißverstanden, was eine schwere Vertrauenskrise auslöst. Wie oft wird eine in Wirklichkeit tödliche Waffe als Miniaturorden in einem Knopfloch mißdeutet, als harmloser Schlipsknoten, als Warze an einem Finger. Es ist immer schwierig, wenn man Körper sieht, fremde Körper, und nicht weiß, was diese Körper *bedeuten*.

Was Die Alten nie richtig begriffen haben, ist die Rolle, die die anderen Säugetiere spielten, damit sie sich in ihrer Welt heimisch fühlen konnten, diese bepelzten, vierfüßigen, freundlichen Karikaturen ihrer selbst. Sie hatten Krallen, wo Die Alten Finger hatten, Schnauzen, wo Die Alten Nasen hatten. Sie bewegten sich und dachten auf eine fast zum Verwechseln ähnliche Art. Wie einsam hätten Die Alten sich doch als einzige Säugetiergattung auf ihrem Planeten gefühlt! Wie beruhigend muß es gewesen sein, den eigenen Körper in so vielen gleichartigen Variationen wiederholt zu sehen: die kräftigen, fellbewachsenen Körper der Hunde, die sensiblen Lippen der Pferde, die federnden Schritte der Leoparden und anderen großen Katzenarten.

Andererseits aber ließ sie das ganz unvorbereitet, als sie schließlich mit »intelligentem fremden Leben« konfrontiert wurden. Sie hatten Zähne und Krallen erwartet, Pfoten und Füße, ja, manch einer erwartete sogar aufrecht gehende Anthropoiden mit Gesichtern wie ihre eigenen! Stellt euch ihr Entsetzen vor, als etwas, das ungefähr aussah wie Kalkschlamm in einer lauen tropischen Pfütze, Differentialgleichungen lösen konnte, oder als eine bräunliche, kugelrunde Klippe sie in einer roten Wüste unter Beschuß nahm, weil sie sich von ihrem Eindringen in ihr Revier bedroht fühlte.

Ja, es gibt mehr als eine wahre Geschichte von menschlichen Lebewesen, die über Funk mit einem fremden Schiff sprechen und mühsam ein Rendezvous in die Wege zu leiten versuchen, ohne zu erkennen, daß sie sich seit Monaten tief im Inneren des fremden Schiffes befinden, das bedeutend größer, aber aus einem dünneren Stoff gewebt ist als ihr eigenes. Wie unterhält man sich mit einer Wolke, die so durchsichtig ist, mit so großen Abständen zwischen den Molekülen, daß sie in der Erdatmosphäre nicht einmal als Wolke kenntlich wäre?

Ganz zu schweigen von ihrem tiefen Grauen angesichts der wirklich hochentwickelten Intelligenzen in den inneren Bereichen der Galaxien. Nicht wenige Schiffer verloren die Fassung, als ionisierte Magnetfelder benachbarter Sonnen Warnungsprognosen über bevorstehende Gravitationsbeben an ihre Schiffscomputer zu senden begannen und nach einem längeren Kontakt ihre Datenspeicher anzapften, um sich Mozarts Musik zu holen (immer Mozart, nie etwas anderes). Ach, es gab eine Zeit, da hatten ihre Nervenkliniken Spezialabteilungen für schwer geschädigte Raumfahrer, die hartnäckig das kleinste Bäuschen der Gardine im Wind mit verstörter Aufmerksamkeit betrachteten! Ja, so schockierend waren offenbar diese Begegnungen, daß die menschlichen Lebewesen buchstäblich zurückprallten – sie traten einen Schritt zurück und überließen mit einem Seufzer der Erleichterung ihren geduldigen und weniger voreingenommenen artifiziellen Intelligenzen den gesamten Kontakt mit den Fremden.

Ist es denn dann so verwunderlich, daß sechs Menschen, die den einzigartigen Besuch bei einer intelligenten Gattung von einer anderen Galaxis gemacht haben, nach dieser Begegnung als ihre eigenen Anamorphosen zurückkehren, verwandelt in schöne rote Marmorierungen auf sechs blanken Zylindern? Ihr Schicksal beruhte wohl weniger darauf, *wem* sie begegneten, oder welche unendlichen Entfernungen diese anderen überwunden hatten. Was ihnen zum Verhängnis wurde, war eher, daß sie auf Wesen trafen, *die sie in einer anderen Welt sahen.*

– Und im übrigen, fügte der Achte Lord in einem An-
fall von altväterlicher Munterkeit hinzu, im übrigen ist es
keineswegs so, daß diese Zylindermenschen gänzlich verschwunden wären. Ich weiß, wo sie stehen. Aber das ist
eine andere Geschichte.

9.

(Das seltsame Tier
aus dem Norden)

Der Erste Lord schneuzte sich ausführlich, steckte elegant das Spitzentaschentuch in seinen linken Uniformärmel und sagte:

– Ygal III im Planetensystem Ygal gibt für den Laien nicht viel her. Hauptsächlich besteht dieser Planet aus Wüste, mit hier und da aufragenden, trockenen, rötlichen, rasch verwitternden Bergen. Und warm sind diese Wüsten auch nicht. Die Atmosphäre treibt meistens als Schneegestöber über diese karge Landschaft, wo hier und da ein düsteres, weidenartiges Gebüsch den zähen Lasttieren der Serudinarer als Nahrung dient.

Monate können vergehen, ohne daß ihre Karawanenglocken ertönen, denn der Handel ist unregelmäßig, und Kontakte zwischen den Ländern finden nur sporadisch statt. Seefahrt gibt es ja nicht, und von Wegen kann in diesem Inferno von Schneestürmen nicht die Rede sein. Als Führer dienen hundeartige Tiere, von denen allein die älteren Tiere den Weg durch die Wüste kennen.

Diese alten »Hunde« haben einen sehr hohen Preis, sie kosten mindestens tausend Dinar. Der Respekt vor ihnen ist so groß, daß man ihnen bei den Mahlzeiten das Essen vor den Menschen serviert. Besonders wertvoll (bis zu dreitausend Dinar oder mehr) sind jene »Hunde«, langhaarige und gutmütige, säugetierartige Geschöpfe mit starkem Gebiß und kräftigen Beinen, die den Weg in die arktische Zone finden, welche man Das Land der Finsternis nennt. Es sind ungefähr vierzig Tagesreisen bis in diese Zone hinein (die in der Zweiten Jahreszeit für eine Weile genauso erschreckend hell unter einem fahlen Porzellanhimmel liegt, wie sie in der Ersten Jahreszeit dunkel ist). Und es soll vorgekommen sein, daß Leithunde, denen man ihre Mahlzeit nicht, wie es sich gebührt, zuerst vorsetzte, ihren Herrn erzürnt in der Finsternis zurückgelassen haben.

Diese Reise unternehmen nur reiche Kaufleute. Sie bewegen sich in großen Karawanen mit Hunderten von Schlitten, gezogen von den langsamen Beomelen, deren eigentümlich geformte Krallen immer und unter allen Witterungsverhältnissen im Eis Halt finden. An der Spitze aber geht das Gespann der »Hunde«, die mit untrüglicher Sicherheit, Generation für Generation, den Weg nach Norden finden. Nach vierzig Tagesreisen sind die Kaufleute in der Finsternis an ihrem Ziel angekommen. Die Waren, die sie mitgebracht haben: Gefäße aus kupferartigem Metall, in denen man Essen kochen kann, Armreifen unterschiedlichen Gewichts, sonderbar geformte kleine Steine von der Art, die »Kopfweh« und »Rheumatismus« heilen, und ein bei den Jüngeren sehr beliebter aufziehbarer Frosch, der auf ein besonderes Kommando hin hochspringt und sich im Pelzkragen des Besitzers festbeißt, und selbstverständlich Salz, Kochsalz in großen Mengen, und »Kameldung«, all das breiten sie auf dem Boden aus, verlockend auf Tierhäuten arrangiert, und kehren in ihr Lager zurück. Am folgenden Tag gehen sie wieder dorthin und finden Haufen von Pelzwerk, »Zobel«, »Hermelin« und »Feh«, aber auch andere, seltene Gegenstände ein Stück weit von ihren Waren entfernt gestapelt.

Die alten »Hunde« haben diese Reise schon viele Male

gemacht, und sie wissen, was sie erwartet. Sie wissen beispielsweise, daß es unklug ist, bei starkem Wind über das Eis der großen Seen zu gehen. Schon lange, bevor das Unwetter heraufzieht, steuern sie auf die steilen Bergflanken zu, die einen gewissen Schutz vor dem Sturm bieten und wo die serudinarischen Kaufleute ihre müden Glieder an einem flackernden Feuer aus dem getrockneten Dung der »Kamele« ausstrecken können.

Ist der Kaufmann mit dem Tausch zufrieden, nimmt er die Felle mit. Wenn nicht, läßt er sie liegen. Dann erhöhen Die aus der Finsternis ihr Angebot mit mehr Pelzwerk, oder nehmen alles zurück, was sie hingelegt haben, und verschmähen die Waren des Fremden. Eine solche Verhandlung kann ungefähr so lange dauern, wie Brennstoff und Lebensmittel des Kaufmanns reichen. Die, welche da drinnen in der Finsternis wohnen, bekommt er nie zu sehen, doch er erfährt, daß sie genauso hartnäckig sind wie er selbst.

Hin und wieder, jedes zehnte oder zwanzigste Jahr, zumal, wenn der Winter außergewöhnlich streng war und die Pelzjagd der Einwohner entsprechend dürftig ausgefallen ist, kann die wertvollste, die seltsamste Beute dort auftauchen, die der Kaufmann zu erwarten hat: *Die siparischen Kristalle.*

Groß wie ein Kinderkopf, aus einer glasklaren, kristallischen Materie, und mit keiner den Serudinarern bekannten Methode zu zerbrechen oder zu schleifen, haben sie die Eigenschaft, daß in ihrem Inneren kleine purpurrote oder blaue Flammen aufzuleuchten scheinen, wenn man sie lange in der Hand wärmt. Sie besitzen außerdem noch viele andere bemerkenswerte Eigenschaften, wie Mythen und Überlieferungen vermelden, doch diese ist es, die sie als Tauschware so begehrt gemacht hat. Siparische Kristalle schmücken die Halle so manchen Königs und Herzogs im Süden, ja, sogar bei vereinzelten Grenzfürsten, den *Bans*, findet man sie zuweilen als stolzestes Besitztum des Hauses. Es versteht sich von selbst, daß diese Gegenstände um ihrer Unzerstörbarkeit willen auch eine hochgeschätzte Kriegsbeute sind.

Wo finden *Die, welche in der Finsternis wohnen* diese seltsam leuchtenden Dinge, die bald des Eises, bald des Feuers geheimnisvolle, ursprüngliche Vorbilder zu sein scheinen? Vermutlich ist es so, daß bestimmte heftige Winterstürme sie freilegen, wenn sie die ständig wandernden Sanddünen in der Nordwüste umschichten. Falls diese Hypothese zutrifft, sind sie gewöhnlich tief im Sand vergraben.

Das Ygalsystem hat mich schon immer gefesselt, seit ich es zum erstenmal besuchte, gegen Ende des Intergalaktischen Krieges, sagte der Erste Lord nachdenklich. Ja, so weit sind wir damals tatsächlich gekommen. Für einen alten, schon halbwegs pensionierten Frachtschiffer ist es ein unheimlicher Gedanke, daß er es in seiner Jugend mit Kriegsschiffen und richtigen Entfernungen zu tun hatte. Was dieses Planetensystem so einzigartig macht, ist, daß es meines Wissens als einziges in direkter Verbindung zu einem Doppelstern steht. Der eine davon ist die Ygalsonne, ein sehr kühler roter Riese, den die Planeten Ygal I-XVI in ganz normalen Bahnen umkreisen. Ygal III ist von höheren organischen Systemen bewohnt. Im Krieg hatten wir deshalb unser Hauptquartier draußen auf XVI, was manchmal strapaziös war. Der zweite Stern im Ygalsystem ist ein extrem energiereicher Neutronenstern, Ygal Prim. Wegen der exzentrischen physikalischen Bedingungen dieses Neutronensterns und seiner Beziehung zur Ygalsonne bewegt er sich in einer nahezu kometenartigen Umlaufbahn um das Planetensystem herum. Er nähert sich mit einer Periodizität von fast genau drei Millionen Jahren. Sein heißes, weißes Licht, begleitet von einer enormen Röntgenstrahlung, verwandelt dann langsam den in einer tiefroten Winterdämmerung schlafenden Planeten in ein Meer von in weißblaues Licht getauchten Wüsten.

Diese Periode hält dann ungefähr fünfhunderttausend Jahre an. Man kann also von zwei »Jahreszeiten« auf den Ygalplaneten sprechen. (Über die üblichen Jahreszeiten hinaus, die durch die Umlaufbahn der Planeten um die Ygalsonne entstehen.) Die eine dauert etwas weniger als drei Millionen Jahre und ist sehr kalt, ein »Winter«. Die andere ist ein glühend heißer, fünfhunderttausend Jahre langer »Sommer«, in dem Quecksilber verdampft und jegliches Wasser auf dem Planeten als ionisiertes Feld in seine dann elektrisch aufgeladene Atmosphäre gerät, so daß diese mit starkem Quecksilberlicht strahlt wie eine Gasentladungslampe.

Der Ban von Ghor sitzt zufrieden in seinem Festsaal, wo der Herdrauch munter zur Öffnung unter dem Dachfirst emporquirlt und ein »Wildschwein« an dem langsam rotierenden Spieß brutzelt. Groß, fett und schwer lehnt er sich im Hochsitz zurück, während seine Gäste ehrfurchtsvoll die Kostbarkeit des Hauses, einen der siparischen Kristalle, langsam von Hand zu Hand gehen lassen. Wen kümmert es schon, daß das Schneegestöber draußen in immer schnelleren, immer angriffslustigeren Wirbeln einen schweren Schneesturm ankündigt, wenn man in diesem gastfreundlichen Saal ein so kostbares Ding in Händen hält? Zumal die Frauen nimmt es gefangen.

Eigentümliche kleine Feuer im Inneren des fürstlichen Kristalls leuchten auf und verlöschen wieder, sichtbarer hier im Halbdunkel des Festsaals als draußen im Tageslicht. Bald meint man, direkt hindurchsehen zu können wie durch kristallklares Wasser, bald scheint sich in dem Kristall etwas zu einer Art Wolkenformation zu verdichten in einem purpurnen Licht, das dann wieder alle Farben des Regenbogens durchläuft, bis zurück zum blassesten Blau. Der Ban von Ghor, oder einer seiner Vorfahren, hat das edle Stück in einen Halter aus reinem Silber fassen lassen. Wie mit dem Fuß eines Raubvogels hält er den Kristall mit drei starken Klauen an seinem Platz.

Für diese Kostbarkeit könnte das Schwert aus der Scheide fahren, könnten die schönsten Frauen an die garstigsten, griesgrämigsten alten Männer verkauft werden – ja, dies ist ein Stein von der Art, die Familienfehden über Generationen hinweg entfachen kann. Dies wußten alle in diesem Saal, und mit einem gewissen Ernst reicht der eine Baron oder Großbauer ihn an den nächsten weiter.

Die Kristalle nennt man zuweilen »Die Unsterblichen«, da es noch keinem gelungen ist, eines davon zu zertrümmern. Nicht einmal, wenn man es von dahinstürmenden »Pferden« fallen ließ, wurde seine Ruhe gestört. Und auch keine anderen äußeren Ereignisse konnten den geheimnisvollen Rhythmus verändern, in dem die kleinen roten und blauen Funken im Inneren aufflammten und wieder erloschen.

Sechs Zoll tief in dem Kristall, den der Ban besaß, reiste Yad. Und das würde der Ban niemals erkennen. Yad wußte nicht, wer er war. Das hatte er nie gewußt. Vielleicht existierte er nur im Speicher eines anderen. Er wußte jedoch, daß es seine Pflicht war, am Leben zu bleiben, und daß es seine Pflicht war zu reisen. Und daß er das schon lange getan hatte und weit über die absehbare Zeit hinaus damit fortfahren würde. In den letzten dreißigtausend Jahren hatte er eine Strecke von fast exakt zwei und einem halben Millimeter in dem glasklaren, ungeheuer harten Material zurückgelegt. Das mag nicht besonders imponierend klingen, wenn man nicht die sehr speziellen Bedingungen bedenkt, unter denen Yad reiste.

Er war kein Lasttier, das in endlosen Wüsten unterwegs war. Und ebensowenig ein Raumschiff in einem sehr kleinen Universum (selbst wenn er sich manchmal so fühlte). Auch kein Schiff von eigentümlichem Aussehen auf dem Weg durch ein regloses, quecksilbergraues Wasser, ohne jeden Landstreifen am Horizont, angetrieben eher von geheimnisvollen Strömungen in der Tiefe unter ihm als vom Wind, obwohl ihm eine solche Beschreibung der Situation als treffend erschienen wäre. Aber Norden, Süden, Osten und Westen kannte er. Denn ein sehr starkes Magnetfeld machte den Weg von Süden nach Norden leicht, und jede Abweichung nach Osten oder Westen war so schwer, daß sie nur oben an den Polen möglich war. So zog er in dieser Welt seine Kreise, deren Langsamkeit für ein gewöhnliches Geschöpf unfaßlich ist. Man könnte auch sagen, daß das, was von außen gesehen eine seltsame Kristallkugel war, sich von innen gesehen als ausgedehnte, ja, nahezu grenzenlose Welt erwies.

Yads körperliche Existenz war sehr abstrakt (doch das ist die deine auch, Fremder, wenn du es recht bedenkst). Die einfachste Art, ihn zu beschreiben, ist vielleicht als elektromagnetische Ladung, als *prompt* auf einem Bildschirm (aber viel selbständiger als ein *prompt*), der sich von Zeile zu Zeile bewegt, von Zeichen zu Zeichen, aber so viel langsamer, so viel sorgfältiger, vielleicht einen Millimeter in zehntausend Jahren). Von denen, die Yads Weg programmiert hatten, war ihm eingeschärft worden, daß er nichts dem Zufall überlassen durfte. Und falls doch etwas dem Zufall überlassen würde, hätte das für Yad die entsetzlichsten Schmerzen zur Folge, und er wäre dann stets gezwungen, zu dem Punkt zurückzukehren, an dem der Schmerz seinen Anfang nahm. Er war ein Wächter in einem vorübergehend geschlossenen Gebäude, ein Pflug, ein *prompt* und ein Revisor. Ein grausames Leben? Fürwahr. Doch gebt mir nicht die Schuld daran, mir, einem einfachen Raumschiffer, der auf seiner Freiwache erzählt, was er erfahren hat; ich habe diese Gesetze nicht gemacht.

Soweit Yad es beurteilen konnte, war er der einzige in seiner Welt. Jedenfalls war ihm darin noch nie ein anderes intelligentes Wesen begegnet. Unfähig, sich fortzupflanzen, fehlte ihm der Sexualtrieb. Ständig mit elektrischer Ladung aus der Tiefe unter ihm versorgt (aus der Tiefe um ihn), spürte er weder Hunger noch Durst. Er hatte keine andere »persönliche« Empfindung als den schwachen, gleichsam vibrierenden Unterton von Angst, den ihm seine eigene Existenz eingab (und ihm mit Notwendigkeit eingeben mußte). Yad bewegte sich sehr langsam vorwärts, da jedes Molekül, auf das er traf (und diese waren in ihrer kristallischen Monotonie entsetzlich ermüdend), verschiedenen Tests zu unterziehen war. Denn die dichte Struktur, durch die Yad reiste, war ein einziger riesiger Speicher, und er selbst sein friedlicher Wächter. Eines

Tages würde dieser gigantische Speicher erwachen, vielleicht, um in heftiger Knospung und Blüte in eine ganze Kultur auszuschlagen, in eine technische Zivilisation von raffiniertester Dichte und Vollendung. Vielleicht aber würde dieser Augenblick nie eintreten. Es war nicht Yads Aufgabe, sich darum zu bekümmern.

Ebenso wenig wußte er, welche Art von Speicher er betreute. Sie waren als binäre Codes im Inneren der Kristallmoleküle gelagert, mit außerordentlicher Dichte bis hinab in die atomare Tiefe, und Yad nahm ihren wechselnden Inhalt ähnlich wie Geschmacksempfindungen wahr. Einige schmeckten bitter, andere aromatisch, und wieder andere chemisch wie Drogen, wie altes Pech, Teer und Kreosot. Jedes tausendste Jahr oder sogar noch seltener stieß er auf den speziellen »Geschmack«, der ihm sagte, daß etwas nicht in Ordnung war, daß irgendeine Gefahr drohte. Dann hieß es, einen einigermaßen sicheren Abstand zu halten, während die Kraft, die er aus der Tiefe unter sich heraufzog, dem Molekül vor ihm den Garaus machte. Die große rote oder blaue Explosion erfüllte dann den ganzen Horizont und hinterließ einen sehr eigenartigen Geschmack.

Am Ende des dreißigtausendsten Jahres, als er eine Periode vollendet hatte, stieß er in seinem Universum auf intelligentes Leben, und das verwunderte ihn sehr. Es näherte sich langsam von Norden, oder, mit anderen Worten, aus der Richtung des magnetischen Pols, und noch als es sich unterhalb des Horizonts befand, wußte er, es war da und es war »Leben«.

Yad hielt ganz still und spürte, wie es näherkam. Die Energien dieses »Lebens« durchzogen bereits seinen eigenen Körper als schwache, fremde Wärme. Er war fasziniert, als er es über den Horizont steigen sah, höher als alle umgebenden Moleküle, strahlend von starken elektromagnetischen Ladungen, die imstande waren, selbst diesen bleifarbenen Himmel zu erleuchten. Das seltsame Tier aus dem Norden hielt indessen inne, kaum daß es über den Horizont gekommen war. In respektvollem Abstand.

Nahm Yad sich für das Tier aus dem Norden ebenso erschreckend groß und glanzvoll aus wie das Tier für Yad? Gern hätte Yad es danach gefragt, doch er hatte keine Ahnung, wie man eine Frage an etwas Lebendes stellte; seine gesamte Erfahrung bestand darin, tote Kristalle über den Zustand ihrer Speicher zu befragen, eine ebenso langweilige wie einfache Prozedur. Noch nie zuvor hatte Yad etwas gesehen, das imstande war, sich aus eigener Kraft von einem Punkt zum anderen im Raum zu bewegen.

Yad machte einen »Schritt« nach vorn. Das seltsame Tier aus dem Norden machte unverzüglich ebenfalls einen »Schritt« nach vorn. Es war unwiderstehlich: sofort machte Yad den nächsten »Schritt«. Doch dieser »Schritt« war eine Spur länger als der vorhergehende. Und auch das Tier machte einen weiteren »Schritt« nach vorn.

Wie sollte Yad wissen, daß er selbst es war, dem er sozusagen in den Nacken schaute? Daß die sonderbare Uhr des Kristalls nach Jahrmillionen um eine Winzigkeit nachzugehen begann? So daß er sich schließlich selbst eingeholt hatte? Und wie sollte er wissen, daß in nur wenigen Millionen Jahren diese Kristallwelt von Existenzen wie ihm bevölkert sein würde: von Existenzen, die sich selbst davongelaufen waren. Von Verlorenen und Wiedergefundenen.

Und Das seltsame Tier aus dem Norden, das nach so vielen anderen Reisen durch die Finsternis den Weg kannte, führte nun Yad mit immer schnelleren Schritten. Auf dem langen, sich immer mehr verdunkelnden Weg nach Norden.

10.

Der letzte Fall des Dr. Weiss

Die Landung verlief reibungslos, sogar ohne das übliche Unwohlsein. Der Augenblick war historisch. Es war der erste Auftrag, der achtzigtausend Jahre überschritt, was bisher aus irgendeinem Grund als kritische Grenze gegolten hatte.

Zeit und Ort stimmten ungefähr. Ausnahmsweise hatte sich die geologische Reliefkarte als einigermaßen stimmig, ja, beinahe zuverlässig erwiesen. Ein melancholischer, tiefroter Sonnenuntergang beleuchtete die Verwerfungsspalte aus Kalkstein. Steil und scheinbar unbezwinglich stieg der Abhang aus dem dichten, tiefgrünen Dschungel zum Abendhimmel empor. Dort oben kreisten ein paar Geier, geschickt die Turbulenzen nutzend, die der Sonnenuntergang schuf.

Mit finsterer Miene stieg Dr. Weiss von dem großen Motorrad ab, einem raffinierten Modell mit sehr breiten Reifen, das offenbar für Geländefahrten gedacht war. Sorgfältig bockte er es auf, stellte den Code der Alarmanlage ein (das lehrt einen die Erfahrung) und legte seine Stulpenhandschuhe übereinander auf den Sattel. Der Helm, schwarz und vorn diskret mit den Buchstaben SSF in Gold geschmückt, wirkte fast wie ein gewöhnlicher Polizeihelm, schien aber sehr schwer zu sein. Er hob ihn mit Wohlbehagen vom Kopf und atmete die balsamische tropische Abendluft ein, die völlig frei war von jeder Verschmutzung. Es ist lange her, dachte er automatisch, daß jemand hier Abgase verbreiten konnte. Er hätte jetzt gern eine Zigarette geraucht.

Statt dessen nahm er aus der Satteltasche ein Gerät, das am ehesten einer Waffe glich, und schoß dessen Enterhaken auf einen Punkt der Kuppe, an dem er festen Halt fand. Dann zog er probeweise an dem geschmeidigen Seil (rot, aus seidenartigem Material), hängte sich den Rucksack um, setzte den Helm wieder auf und begann mit dem Klettern. Er würde bestimmt ein paar Stunden brauchen; der Hang war mindestens dreihundert Meter hoch.

Der spannendste Moment erwartete ihn, wenn er die Kuppe erreicht hatte. Dann müßte nämlich der riesige, pyramidenförmige Museumsbau sofort zu sehen sein. Falls es ihn überhaupt noch gab.

Dies, soviel stand fest, war die letzte Chance, die verschollenen Sechs Säulenbilder wiederzufinden. Und ohne sie und ihr Geheimnis würden er und seine Freunde das Werk nicht vollenden können, das sie so erfolgreich begonnen hatten. Alles deutete darauf hin, daß dieses seltsame Museum, achtzigtausend Jahre von der Gründung der Gesellschaft entfernt gelegen, ihre letzte Ruhestätte war.

Als Ausgangspunkt für seine Klettertour hatte Dr. Weiss einen großen, kompakten Marmorblock gewählt. An diesem würde er erkennen können, wo das Motorrad geparkt war, falls es schwierig wäre, sich von da oben aus zu orientieren. Bei diesen Aufträgen war immer so viel zu bedenken...

Dr. Weiss schob das Visier hoch und wischte sich den Schweiß von der Stirn. Unten im Wald herrschte schon tiefste Dämmerung, hier oben aber fing sich das letzte, leuchtendrote Licht in der mächtigen Pyramide. Ja, sie war noch da, gigantisch (die obersten Terrassen allerdings teilweise zusammengestürzt), geheimnisvoll, dunkel und unwiderstehlich, verlockend...

– Zeit, sagte der Vierte Lord, ist eigentlich ein ganz und gar willkürlicher Begriff. Es gibt durchaus keinen Grund, ausgerechnet diese Raumdimension von den anderen zu trennen. Sofern man nicht eine sehr begrenzte Perspektive hat. Wie es bei Den Alten der Fall war.

Die Alten waren offenbar wie verhext davon. Um zu wissen, beispielsweise bei der Navigation, ob das, womit wir es zu tun haben, der gleiche Ort zu einem späteren Zeitpunkt ist, oder ob es zwei Orte zu gleicher Zeit sind, müssen wir eine der Bestimmungen konstant halten. Die Alten mit ihrem stillsitzenden planetarischen Leben nahmen den Raum als Konstante und gingen davon aus – wie bizarr das auch klingen mag – daß die Zeit sich bewegte. Sie waren unfähig zu erkennen, daß sie selbst es waren, die sich in einer Reihe von komplizierten Bahnen bis hinaus in die Eigenrotation der Milchstraße bewegten, auch wenn sie scheinbar ganz still da saßen und ihre melancholischen Sonnenuntergänge betrachteten.

Die Millionen von Infusionstierchen in einem Lemtank, oszillierend in den Brownschen Molekularbewegungen, laborieren eigentlich mit der entgegengesetzten Fiktion. Ständig in Bewegung begriffen, stellen sie sich den Raum als zeitlos vor, und das ist es, was sie zu einem so vollendeten Navigationsinstrument macht. (Natürlich nur, wenn die Sauerstoffzufuhr nicht zu gering ist, so daß sie degenerieren; wir kennen ja alle die traurige Geschichte der Fregatte *Aramis*.)

Die Wahrheit ist, daß der Lemtank sich ebenso in Fiktionen bewegt, wie Die Alten es taten, nur mit dem Unterschied, daß er draußen im All von größerem Nutzen ist. Wie gesagt, die Vorstellung von einem bestimmten Ort ist etwas, das nur Wesen mit einem beschränkten Horizont hegen; es ist eine lokale Idee. Dieselbe Galaxis zu verschiedenen Zeitpunkten, verschiedene Galaxien zum selben Zeitpunkt, derselbe Zeitpunkt in verschiedenen Galaxien, verschiedene Zeitpunkte in derselben Galaxis – da merkt man doch schnell, was für ein Unsinn das ist! Der Lemtank bestimmt eine Position im Verhältnis zu ein paar tausend Sternen und mißt kontinuierlich die Winkel zu ihnen. Wenn das Schiff nun aber in einer anderen Galaxis wäre, könnte es durchaus vorkommen, daß dieselben Konstellationen dem Lemtank genau dasselbe Resultat gäben! Und je nachdem, wie das Schiff in dieser fremden Galaxis dahinglitte, würden sich die Winkel verändern und die Bewegungsbahnen sich darstellen genau wie in dieser.

Nein, meine Herren, es gibt keine *Orte*, es gibt auch keine *Zeitpunkte*, und wie ihr sicher einseht, gibt es aus diesem Grund auch keine partikulären Gegenstände. Daher wirkt auch Platon, dieser allzu oft mißverstandene Fortsetzer der jonischen Naturphilosophie, so einzigartig in seinem Milieu. Es gibt *mögliche* Gegenstände, und wo sie möglich sind, werden sie wieder und wieder verwirklicht, wo sie nicht möglich sind, werden sie nicht verwirklicht. Das macht den angstvollen Respekt Der Alten vor dem, was sie »in der Zeit reisen« nannten, für artifizielle Intelligenzen so schwer verständlich. Was ist denn Besonderes an diesen »Reisen in der Zeit«? Sie sind doch selbst in der Zeit gereist, wenngleich meist nur linear. Die Vorstellung von nicht-linearen Zeitverschiebungen erschreckte sie, glaube ich, weniger wegen der Reise selbst (das sieht man ja bei einem alten Meister wie H. G. Wells), sondern auf Grund der Tatsache, die dadurch offenbar wird und sich unmöglich wieder vertuschen läßt: die Singularität eines Gegenstands ist stets zufällig und beliebig wiederholbar.

Einige von Den Alten haben erkannt, daß der Zeitreisende auf seinem Rückweg jederzeit imstande ist, sich selbst zu begegnen, und daß diese Verdoppelung nichts Fiktives hat, sondern wirklich ist und im Prinzip immer neue Parallelwelten schafft. Den Alten in ihrer finsteren Rigidität galt dies als unannehmbare Konsequenz, ja, als ein Argument *reductio in absurdum* gegen die Möglichkeit nicht-linearer Zeitreisen. Sie konnten nicht akzeptieren, daß die Welt in Wirklichkeit genau so beschaffen ist: *ein Garten mit Wegen, die sich ständig verzweigen.* Und daß, wenn ein Gegenstand ein für allemal möglich ist, er auch jederzeit wiederkehren kann. Und wir werden nie erfahren, ob es ein alter ist oder ein neuer.

Wie dem auch sei: wir alle erinnern uns, wie der Zeitreisende in H. G. Wells' »Die Zeitmaschine«, dieser stets liebenswert viktorianische Jüngling, zum Museum kommt, einem Gebäude mit einer Kuppel aus blauem Mosaik, und wie er verwirrt von Raum zu Raum geht: durch die Überbleibsel einer Vergangenheit, die also seine eigene Zukunft ist. Wir erinnern uns auch, wie eigenartig gleichgültig ihn alles in diesem Museum läßt, was nicht als Waffe oder zum Feuermachen zu verwenden ist.

Aber schließlich hat er ja auch ein rehartiges, anmutiges junges Mädchen an seiner Seite.

Das einzige, was er aus dieser großartigen Gelegenheit

macht, um in erster Linie sein eigenes, aber auch andere Zeitalter (vergangene wie zukünftige) von diesem einmaligen Aussichtspunkt aus zu verstehen, ist eigentlich, daß er den Hebel einer Maschine abbricht, der schwer genug ist, um die proletarischen unterirdischen Wesen zu erschlagen, die nachts diesen Ort besuchen, und sich eine Schachtel Zündhölzer aus einer Vitrine nimmt. Für das merkwürdige futurum präteritum, die Vergangenheit der Zukunft, die sich um ihn her ausbreitet, bringt er also nicht das geringste Interesse auf. Natürlich erkennt er die Fossile und die Steinäxte, die auch seine eigene Vergangenheit darstellen, aber mehr auch nicht. Es ist sonderbar, daß er *den Antiquitäten der Zukunft* so wenig Beachtung schenkt.

Kaum zu glauben, aber etwas Derartiges geschah tatsächlich, als Dr. T. Weiss im Auftrag der Forschungsstiftung Societas Sanctae Fredegesii, die sich zuweilen der Abkürzung SSF bedient (keiner weiß genau, womit diese Stiftung sich eigentlich beschäftigt), eine ähnlich riskante Expedition unternahm.

Das hohe Tor der Pyramide hatte sich in einen Haufen herabgestürzter Steinblöcke verwandelt, als hätte jemand absichtlich den Zugang zu dem kolossalen Gebäude sperren wollen. Oder vielleicht etwas oder jemanden am *Ausbrechen* hindern?

Vor dem chaotischen Haufen von abgesprengten und geborstenen Blöcken fanden sich Spuren eines Lagerfeuers und nackter Füße mit breiten, fast tierhaften Zehen, wie Menschen sie bekommen, die ihr ganzes Leben lang barfuß gehen. Was aber nicht heißen mußte, daß gerade die Menschen, die das Feuer gemacht hatten, etwas mit dem gesperrten Eingang zu tun hatten. Im Prinzip konnten seit dieser Vandalisierung Jahrhunderte vergangen sein, zumal Dr. Weiss eine bewußte Anstrengung gemacht hatte, das Gebäude zu einer menschenleeren Zeit zu lokalisieren. Jetzt dürften auf dem ganzen Kontinent eigentlich nur vereinzelte nomadisierende Jäger- und Sammlervölker leben.

Das einzige Problem mit diesen Menschen, sagte sich Dr. Weiss, ist ihr enormer animistischer Aberglaube an Geister und Gespenster, der es einem unter Umständen schwer macht, mit ihnen ins Gespräch zu kommen, falls man etwa eine Kalebasse mit frischem Wasser bräuchte.

Es hatte fast den Anschein, als hätten der oder diejenigen, die den Eingang blockiert hatten, über chemischen Sprengstoff verfügt, so weit verstreut lagen die Blöcke. Als Dr. Weiss um eine Ecke bog, fuhr eine kleine, braunhäutige Frau mit einem Schrei auf und rannte zwischen den Steinen davon. Es ging so schnell, daß er kaum etwas anderes erkennen konnte, als ihr scharfes Profil und die schmalen, fast vogelartig mageren Schultern. Eine paläolithische Steinhacke mit einem gespaltenen Ast als Griff, kunstvoll mit Sehnen umwickelt, war die einzige Spur, die sie zurückgelassen hatte. Offenbar gab es fruchtbare Erde im Windschatten der Steinblöcke, und den Bewohnern der Hochebene war der Hackbau nicht unbekannt.

Eine Fläche von der Größe einer Tischtennisplatte war schon sorgfältig von der kleinen Frau behackt worden, und mit einem Gefühl von Zärtlichkeit, das bei ihm nicht eben üblich war, bemühte sich Dr. Weiss, nichts zu zertrampeln. Vielleicht würde die Frau aber niemals zu ihrer Arbeit zurückkehren, verschreckt von dem Dämon oder Geist, den sie gesehen hatte. Und den sie bestimmt mit der alles überschattenden Pyramide in Verbindung brachte.

Dr. Weiss tat es leid, daß er durch seine bloße dämonische Anwesenheit womöglich zunichte gemacht hatte, was das Ergebnis der harten Arbeit von einem oder mehreren Tagen war. Es war immer das gleiche Risiko und die gleiche Verantwortung, die man bei diesen Reisen trug, und zuweilen konnte es noch viel schlimmer ausgehen.

Zunächst schien es keinen Weg durch den Steinhaufen zu geben. Doch nach einer genauen Untersuchung, Quadratfuß für Quadratfuß, fand er schließlich eine dunkle Öffnung, die sich für seine Intuition vielversprechend ausnahm. Als erfahrener Speleologe, der er war, sah er hier eine Möglichkeit. Speleologe – ja, das wird man, ob man will oder nicht, wenn man lange für die SSF arbeitet, denn das meiste hier auf der Welt sind Grotten und Ruinen, sagte er sich, während er den Schutzhelm vom Kopf hob und ihn in die Öffnung schob. Wo ein Kopf durchgeht, kommt auch der Rest durch, das ist das Prinzip, sagte er sich. Das wissen alle alten Hebammen und Speleologen.

Diesmal war es schwieriger, als er gedacht hatte. Der Tunnel schraubte sich schräg nach oben, und ein schwacher Geruch nach Fuchs gab ihm das unangenehme Gefühl, ihm könnte jederzeit ein aufgestörter Repräsentant dieser unsympathischen Tierart ins Gesicht springen. War es möglicherweise so, daß er in einen Fuchsbau kroch, in dem Glauben, der Gang führe in die Pyramide? Zu allem Überfluß blieb der Rucksack mit dem Werkzeug, den er an einem zwei Meter langen Seil hinter sich herschleifte, hin und wieder in den Kurven stecken. Da er den Helm vor sich ausgestreckt hielt, hatte er von der eingebauten Batterielampe nicht viel Nutzen. Ihr flackerndes Licht, zuweilen von einer blankgeschliffenen Fläche im Basalt zurückgeworfen, wirkte eher verwirrend als hilfreich.

Der Fuchsgeruch nahm zu. In einer Hinsicht war das ein gutes Zeichen. Es deutete darauf hin, daß der Gang sich erweiterte. Schmale Passagen, besonders wenn sie mit langsamer Steigung schräg nach oben führen, sind nicht unbedenklich. Teils würde es schwierig, rückwärts wieder herauszukriechen, falls sich der Gang als Sackgasse erwies. Und teils konnte man darin leicht vom Sauerstoffmangel überrascht werden.

Er kannte mindestens einen Kollegen aus der Stiftung, der auf diese Weise unfreiwillig eine Pyramide zu seinem Grab gemacht hatte. Aber es war eine ganz andere Pyramide in einem ganz anderen Zeitalter und auf einem anderen Kontinent gewesen, und das Ganze war ein völlig anderes Projekt. Die Stiftung sah es ungern, daß Mitarbeiter auf diese Weise zurückblieben. Dabei ergab sich immer das Risiko einer späteren Entdeckung, mit allen ungeplanten Konsequenzen, wenn die Ausrüstung des Feldforschers in unerfahrene Hände geriet.

War nicht – wie es heißt: »erst kürzlich« – ein voll ausgerüsteter und kampftauglicher *Intelligenzverstärker der A-Klasse* einem nichts Böses ahnenden dänischen Philosophen im Stockholm der 1960er Jahre in die Hände gefallen! Mit unüberschaubaren Folgen, hätte das Glück es nicht gewollt, daß der gute Mann von zu kontemplativer Natur war, um zu erkennen, was er damit hätte anrichten können!

Das schwache Licht, das Dr. Weiss plötzlich zwischen zwei Blöcken erspähte, ließ ihn zunächst argwöhnen, er habe sich in der letzten Stunde im Kreis bewegt und sei wieder auf dem Weg hinaus, bevor ihm einfiel, daß es draußen mittlerweile dunkel sein mußte. Mühselig streckte er den Kopf heraus.

Der Anblick war selbst für einen erfahrenen Reisenden wie ihn atemberaubend. Er befand sich etwa dreißig oder vierzig Meter über dem Boden eines gigantischen Saals, dessen Wände seit Jahrtausenden die Eigenschaft behalten hatten, mit ihrem eigenen, milchweißen Licht zu leuchten. Proportionen und Ausdehnung erinnerten stark an die Londoner Victoria Station in ihren besten Zeiten. Es würde nötig sein, sich vorsichtig abzuseilen und das Seil hängenzulassen, damit er dann wieder hinaufklettern konnte. Doch dieses Problem interessierte ihn im Augenblick weniger.

Völlig versunken ließ er den Blick von einem der riesigen Objekte im Mittelschiff der Museumshalle zum anderen wandern. (Die Galerien enthielten offenbar weniger gut beleuchtete Vitrinen, deren Inhalt von seinem Blickwinkel aus nicht einsehbar war.) Die Kolosse im Zentrum des Raums, ehrfurchtgebietend, Skulpturen vielleicht, oder Maschinen, oder auch Schiffe, in diesem Fall aber anscheinend weder für Luft, Wasser oder leeren Raum gedacht, hielten seinen Blick im Bann. Hier standen sie, eine imponierende Reihe von makellos geformten Giganten, diese Antiquitäten der Zukunft – einer fernen Zukunft.

Und kein einziger Gegenstand in diesem Museum war erkennbar oder begreiflich.

Es war ein sehr sonderbares Gefühl. Wir sind ja alle gewöhnt an den *Anschein* von Bedeutsamkeit, den menschliche Artefakte besitzen, von der einfachsten Axt bis zum Gokstadschiff. Auch diese Dinge umgab eine solche Aura (ob es nun Kunstwerke waren oder Geräte), da aber durchaus nichts an ihrer Konstruktion begreiflich war, machte diese Bedeutsamkeit einen eher erschreckenden Eindruck. (Ungefähr so, als würde ein Hund plötzlich anfangen – auf diskrete, aber unmißverständliche Art – zu *gestikulieren*.)

Das Seil aus seidenähnlichem Material, das Dr. Weiss benutzte, um sich auf den Boden der Halle herabzulassen, war mit einer Bremsvorrichtung versehen, wie Alpinisten sie benutzen, und sehr stark. Nichtsdestoweniger war die Prozedur äußerst lästig; ungefähr halbwegs zwischen der Lüftungsluke, durch die er hereingekommen war, und dem Boden (der unangenehm tief unten war), begann er langsam zu rotieren. Entweder kam das von einem Luftzug in diesem bemerkenswerten Raum, oder es lag an einem Konstruktionsfehler des Seils. Es gefiel ihm nicht, und er versuchte, auf seine Hände zu schauen, um den zunehmenden Schwindel unter Kontrolle zu halten.

Es war jedoch unmöglich, sich nicht umzusehen, und als er die gewaltigen Konfigurationen in der Mitte des Raums betrachtete, hatte er das scheußliche Gefühl, *beobachtet zu werden*. Im Grunde konnten diese seltsamen Objekte durchaus Waffen sein, hochentwickelte Waffen, dazu bestimmt, sich selbst vor Eindringlingen und Überfällen zu schützen. Vielleicht waren es auch artifizielle Intelligenzen, auf einem schwachen Energieniveau lebend und durchaus imstande, sich durch seinen Besuch wecken zu lassen. Dieser spezielle Besuch war ja aus verschiedenen Gründen zu einem so späten Zeitpunkt gewählt, daß man von seiten dieser Artefakte auf alles mögliche gefaßt sein mußte! Die Erbauer dieses Museums hatten etwa achthundert Jahre lang Hilfsmittel wie Intelligenzverstärker und drahtlose dreidimensionale Faksimileapparate zur Verfügung gehabt!

Langsam, Zoll für Zoll auf dem Weg hinab, die Seilbremse fest im Griff und aufmerksam alles musternd, was die langsame Rotation in sein Sichtfeld brachte, versuchte er irgend etwas zu entdecken, was sein Gefühl erklären könnte.

Er wollte es als paranoid abtun; als Folge allzu vieler Zeitreisen vielleicht. (Die Auswirkungen auf das metabolische System bei wiederholten Reisen dieser Art waren wenig erforscht und vermutlich keineswegs günstig.)

Andererseits, sagte er sich, war dies ja tatsächlich ein Museum. Ließ man die Lokomotiven in einem Eisenbahnmuseum mit schwachem Feuer im Heizkessel stehen? Oder schaltete man bei Flugzeugen im Luftfahrtmuseum das elektrische System ein?

Der Boden nahm ihn freundlich entgegen – fast als sei er mit Gummi belegt – und mit einem Seufzer der Erleichterung befreite er sich von dem Seil, das er hängen ließ, wo es hing. Es rotierte noch immer. Jetzt merkte er, daß auch der Boden leuchtete, jedoch mit schwächerem Licht. Offenbar hatte diese großartige, seit Jahrtausenden verschwundene Kultur Zugang zu sehr ausdauernden Energiequellen, die sicherlich auf ganz anderen Prinzipien basierte als in Dr. Weiss' eigener Zeit. Vielleicht hatten diese Menschen eine Methode gekannt, Gravitation direkt in Energie umzuwandeln? Oder waren es Gravitation und Antigravitation selbst, die diese gewaltige Halle erleuchteten?

Die Stille war betäubend. Nichts von den Vogellauten, dem Windesrauschen, den Zikaden der Außenwelt drang hier herein – er sehnte sich schon nach dieser Außenwelt – und nicht einmal seine eigenen Schritte auf diesem schwach leuchtenden Boden machten das geringste Geräusch.

Auch die riesigen Maschinen blieben still, und er umging sie in respektvollem Abstand. Erleuchtete Türen entlang der Seiten des Mittelschiffs mußten zu den Sammlungen kleinerer Gegenstände führen. Er warf einen Blick auf das Universalinstrument, das er statt einer Armbanduhr am linken Handgelenk trug. Keine erkennbaren elektrischen Felder, keine Strahlung bis auf die äußerst schwache Radioaktivität aus dem Felsgrund tief unter diesem Boden. Temperatur + 18 Grad Celsius, Luftdruck 1020 Millibar, die Luft rings um ihn her giftfrei und mit normalem Sauerstoffgehalt. Der Mikroorganismenzähler tat seine Arbeit ein wenig langsamer und kam auf eine verschwindend geringe Zahl. Das virologische und bakteriologische Milieu hätte sich für eine chirurgische Klinik geeignet!

Hier gab es objektiv gesehen wirklich nichts zu fürchten. War es das Gefühl einer unendlich fernen Zukunft, einer Zukunft, in die kein Zeitreisender vor ihm hatte eindringen können, und deren Inhalt an hoffnungslos vergangenen Dingen, die ihm dieses schleichende Gefühl von Unruhe eingab?

Die erste Seitengalerie enthielt selbstleuchtende Vitrinen mit offensichtlich gut erhaltenen Objekten. Sogar im Boden eingelassene Fenster dienten der Ausstellung. Das Quälende war nur, daß es völlig unmöglich war, auch nur ein einziges von diesen Exponaten zu erkennen. In der Größe wechselnd zwischen einem Fußball und, sagen wir, einem Tischtennisball, zeigten sie sämtliche bekannten geometrischen Formen: drei Kugeln eines messingartigen Materials im gleichen Abstand auf einem schmalen Zylinder, alle drei reich verziert mit etwas, das aussah wie die Darstellung eines Kampfes – oder möglicherweise eines kollektiven Tanzes – von Menschen oder vogelartigen

Göttern oder Dämonen. Dr. Weiss kam es in den Sinn, daß dieser Gegenstand durchaus aus einer Zeit lange vor seiner eigenen Geburt stammen mochte. Vielleicht gehörte er zu einer Art von Funden aus einer syrischen Wüste oder einer römischen Ruine, die nur der fortschrittlicheren Archäologie der Zukunft zugänglich waren? Genausogut konnte es aber auch ein magischer Gegenstand vom Beginn des Dunklen Zeitalters sein, das erst lange nach ihm anbrechen sollte, oder ein Musikinstrument aus dem glücklichen Dritten Britischen Imperium. Ohne Texte, ohne gemeinsames Koordinatensystem, gab es keinerlei Möglichkeit, einen Gegenstand in der Zeit vor oder nach der eigenen Geburt zu plazieren.

Aber technische Fortschritte, elektronische Schaltkreise, avancierte Ausführungen, wendet jemand ein, – müßten solche Eigenschaften nicht ihre deutliche Sprache über Alter und Ursprung des Objekts sprechen? Ach, wie oft waren solche Dinge erfunden worden und wieder verloren gegangen! Und war nicht manchmal extreme Schlichtheit ein ebenso sicheres Zeichen einer Hochkultur wie extreme Komplikation! Einmal angenommen, sagte sich Dr. Weiss, schon verwirrt und erschöpft angesichts der endlosen Reihe von Artefakten in der Vitrine vor ihm, die ebensogut Waffen sein konnten wie Musikinstrumente (oder vielleicht Waffen, die *auch* Musikinstrumente waren), einmal angenommen, ich entdecke eine gewöhnliche, einfache Pfeilspitze! Was würde das beweisen? Feuerstein gibt es in jeder Periode, und es gibt immer historische Epochen, in denen die Menschen auf diese einfachen Geräte zurückgreifen müssen. Hatte er doch vorhin auf dem Weg ins Museum eine kleine Frau aufgestört, die mit dem primitivsten Hackbau beschäftigt war!

Das Problem, sagte er sich, ist sehr ähnlich dem Problem, das entsteht, wenn man im All nach Sternbildern zu navigieren versucht. Die Lage der alten wohlbekannten Konstellationen verändert sich, je weiter man sich von der Erde entfernt, und um ihre Veränderungen zu erkennen, muß man wissen, wo man ist. Sieht man andererseits plötzlich wohlbekannte Sternbilder, weiß man nicht, ob die größere Konstellation, der sei angehören, die übliche ist oder eine neue: man wird immer umfassendere Referenzsysteme brauchen, und in einem transfiniten System werden sie trotzdem nicht ausreichen.

Mit anderen Worten: die Geschichte wird zu einem ebenso undurchdringlichen Labyrinth wie der Raum, wenn man ausreichend große Entfernungen zurücklegt. Dr. Weiss spürte, wie seine Hoffnungen, die noch am Morgen dieses Tages so groß gewesen waren, schon abnahmen und verflogen.

Vitrine für Vitrine, Galerie für Galerie, das Resultat war überall gleich niederschmetternd: es war nichts dabei, das er ernstlich mit Hilfe seiner eigenen Erfahrungen identifizieren konnte. Überall der gleiche Anschein von Bedeutsamkeit, die gleiche vielsagende Aura, und zugleich nichts als Fremdheit und Desorientierung. Das eine oder andere Ornament schien etwas abzubilden, was er für einen Augenblick erkannte, aber kaum hatte er ein Muster als Schiff zwischen rollenden Wogen identifiziert, merkte er auch schon, daß das Bild genausogut rein ornamental sein konnte. Hätte er doch wenigstens eine Pfeilspitze gefunden, einen kleinen Hornkamm, einen Ring, der am Finger eines Mädchens gesteckt hatte, das Fragment einer Balliste, das Plektrum eines Saiteninstruments, einen mikroelektronischen Schaltkreis, eine Steinzeithacke!

Doch in einer Galerie nach der anderen wurde ihm jeglicher Durchbruch dieser Art verweigert. Jegliche ihm bekannte Geschichte war für immer in dieser größeren Geschichte ertrunken und vergangen, ungefähr wie ein plötzlicher Windstoß, der in den größeren Wellen des Meeres ertrinkt und vergeht.

Er gönnte sich weder Rast noch Ruhe, der blaue Rucksack hing unbenutzt und ungeöffnet über seinen Schultern. Er wußte nicht, ob Tag war oder Nacht.

Als er – nach Stunden oder Tagen vergeblichen Suchens – wieder einen Augenblick mit brennenden Augen im gigantischen Mittelschiff des Gebäudes stand und sah, wie eine menschliche Gestalt sich langsam, Meter für Meter an dem langen Seil herabließ, dabei sacht rotierend, wußte er schon, daß ihm die Züge des Ankömmlings nur allzu bekannt waren.

Vom sonderbaren Tor
in der Stadt Conacar

Der Siebte Lord ergriff das Wort und erzählte:

– Von der singalesischen Stadt Conacar berichtet Ibn Batuta, der arabische Geograph und Reisende aus dem vierzehnten Jahrhundert, im vierten Band seiner »Reisen« unter anderem, ihr moslemischer Herrscher werde mit *Conar* tituliert und besitze den weißen Elefanten. Und mit dem für ihn so charakteristischen Selbstbewußtsein fügt Ibn Batuta hinzu: »Im ganzen Universum habe ich keinen zweiten weißen Elefanten gesehen. Der Souverän läßt ihn bei Festlichkeiten vorführen und befestigt an der Brust dieses Tieres große Schmuckstücke. Diesem Monarchen geschah es, daß die mächtigen Männer in seinem Imperium sich gegen ihn erhoben, ihn blendeten und seinen Sohn zum König machten. Was ihn selbst betrifft, so lebt er noch heute in dieser Stadt, seines Augenlichts beraubt.«

Bekanntlich geht Ibn Batuta im nächsten Abschnitt ganz abrupt dazu über, verschiedene seltene Edelsteine zu behandeln, die aus Ceylon stammen.

Was er dabei ausläßt, ist jedoch nicht ganz uninteressant: die Überlieferung nämlich, wie Der weiße Elefant ursprünglich durch das sonderbare östliche Stadttor nach Conacar gebracht wurde, und die alternative Überlieferung von der Blendung des Conar, nach der sein unglückliches Schicksal keineswegs das Werk politischer Gegner gewesen sei, sondern tatsächlich die Folge seiner eigenen Tollkühnheit. Es ist schwer zu verstehen, welche

Gründe Ibn Batuta zu diesen Auslassungen bewogen haben.

Das östliche Stadttor von Conacar hat die Form einer langgestreckten Kolonnade, bestehend aus sechs mannshohen Säulen aus schwarzweißem Marmor. Fromme Betrachter haben in den eigentümlich symmetrischen Mustern, die der schwarze Marmor im weißen bildet, die Porträts der sechs ersten Kalifen zu erkennen gemeint. Eine Vorstellung, die von anderen als blasphemisch und als verbotene Idolatrie abgetan wird. Wahr ist, daß die extreme Härte und spiegelblanke Polierung der Säulen, die selbst mit den härtesten Edelsteinen unmöglich anzuritzen ist, auf manche Betrachter wie ein Wunder wirkt. Diese Säulen gelten als sehr alt, und keiner weiß, woher sie ursprünglich stammen.

Der Säulengang, der zum Östlichen Weg führt, einer staubigen Straße, wimmelt tagsüber von Reisenden und ihren Zugtieren und beherbergt die übliche Schar von Bettlern, Wechslern mit ihren Geldtischen, Verkäufern von wertvollen Steinen und zahllose Hunde, die im Schatten des Portikus Schutz suchen. Die Bettler haben gewöhnlich ihren Platz zu Füßen der Säulen. Nachts werden die Tore geschlossen, und nur ein einziger Wächter bewacht die Kolonnade. Sein Posten ist an der dritten Säule von rechts, jener, die an ihrem Kalksteinfuß (denn die Basis der Säulen ist aus einem in dieser Gegend sehr üblichen Kalkstein gehauen) eine halb verwitterte Inschrift in einer fremden Sprache trägt, welche gewiß nicht Arabisch ist, sich aber auch nicht ohne weiteres einer anderen Sprache zuordnen läßt, da sie kaum mehr zu entziffern ist.

Auch von dem Siegel, das sich über diesen Buchstaben befunden hat, gibt es nur noch unbedeutende Spuren. Der mangelhaften Grundlage zum Trotz haben einige Gelehrte die Inschrift als Warnung deuten wollen, und das Siegel als dem Fürsten zugehörig, der einst diese uralten Säulen aufstellen ließ und jeden davor warnte, sie fortzuschaffen.

Von diesem Tor heißt es, es sei zu bestimmten seltenen Zeitpunkten, wie im Morgengrauen der Sommersonnenwende jedes sechzehnten Jahres, wenn die größeren Planeten in einer ungewöhnlichen Konstellation stehen, nicht zum Östlichen Weg, sondern zu anderen Welten geöffnet. Zu diesen Zeiten könne jeder, der hindurchgehe, in die fremden Landschaften seiner Träume gelangen und, im Unterschied zu gewöhnlichen Träumern, von dort die Gegenstände holen, die er geträumt habe. Nur sehr mutige Männer hätten es gewagt, diese Reise anzutreten. Manche seien nie zurückgekommen. Andere hätten bei ihrer Rückkehr die wunderbarsten Dinge mitgebracht, und wieder andere seien geblendet heimgekehrt.

Einige von den Gegenständen, die sie bei sich gehabt hätten, seien leicht erkennbar gewesen, andere wieder so fremdartig, daß keiner, nicht einmal die weitgereistesten Menschen, sich auf ihren Gebrauch und ihren Ursprung verstanden hätten. Soweit es den Reisenden gelungen sei, etwas mitzubringen, habe dieses sie fast immer bereichert, sie aber selten glücklich gemacht. Äußerst wenige hätten die Reise in die Länder der Träume ein zweites Mal machen wollen. Die meisten seien kaum willens gewesen, ihre Erlebnisse zu beschreiben, oder, was ebenso wahrscheinlich ist, die Worte hätten ihnen gefehlt, um das wiederzugeben, was sie gesehen und erfahren hatten.

Zuweilen hätten sie auch die Angst geäußert, Einwohner aus den Ländern der Träume könnten durch das Tor in unsere Welt gelangen, vielleicht in der Absicht, Geräte oder Besitztümer zurückzuholen, welche die Reisenden ihnen geraubt hatten. Diese Befürchtungen jedoch hätten sich nicht bewahrheitet. Sei es, daß das Tor sie nicht in unsere Welt hereinlasse, oder daß sie es noch nicht entdeckt hätten. Vielleicht sei es ihnen aber auch schlichtweg gleichgültig, wie es in dieser Welt aussah.

Hin und wieder soll es vorgekommen sein, daß ein und dieselbe Person zweifach zurückgekehrt sei. Da es unmöglich zwei Individuen derselben Person geben könne, habe man dann stets annehmen müssen, einer davon sei ein Spion aus dem fremden Land. Und da es selbst dem erfahrensten Richter nicht möglich gewesen sei, den einen vom anderen, das Original von der Kopie, den Ehrlichen vom Spion zu unterscheiden, habe man in solchen Fällen stets beide abgeführt und hingerichtet. Unterwegs zu dem Ort, wo sie gesteinigt werden sollten, seien diese seltsamen Brüderpaare dann stets in den heftigsten Streit geraten.

Und hier soll also der astrologisch kundige Conar von Conacar einst gestanden haben, sein Astrolabium in der Hand, sorgfältig den rechten Augenblick für seine Reise erwägend, indem er die Höhe eines bestimmten Sterns über dem östlichen Horizont maß, um dann langsam dieses Tor zu durchschreiten, das sich also jedes sechzehnte Jahr zur Mittsommerzeit auftat in ein Land, dunkler als die Nacht.

Um kurz darauf (jedoch mit einem sehr gealterten Aussehen, als habe er sich jahrzehntelang dort aufgehalten) auf dem Weißen Elefanten reitend zurückzukehren.

Und dies ist die zweite Überlieferung vom Conar von Conacar. Nicht die Gewalt seiner Widersacher, sondern seine eigenen Erfahrungen bei dieser Reise hätten ihn geblendet. Denn in dem Fremden Land, so seine Worte, habe er »zu viele Dinge« gesehen.

Es tut den Menschen nämlich nicht gut, wenn sie zuviel reisen. Sie laufen Gefahr, sich aus Versehen selbst anzutreffen.

12.

(Die Erzählung vom Mandarin Li)

– In der sehr schönen Stadt Kunming in der Provinz Yunnan lebte im zwölften Jahrhundert ein Mandarin namens Li, und Li ist ein Name, dessen sich der Mandarin schließlich würdig erweisen sollte. Denn eine der vielen Bedeutungen dieses Lauts ist nicht nur »Schuh«, sondern auch »wandern«.

Als die neue Dynastie den kaiserlichen Thron übernommen hatte, wußte der Mandarin Li sofort, daß man ihm den Tod schicken würde. Ungewiß war indessen, wie viele Tage sie brauchen würden, um ihn zu finden. Ein Mann von schwächerem Charakter hätte vielleicht sein Haus bestellt und die Flucht ergriffen. Li jedoch war von anderer Gemütsart; Tag für Tag erwartete er seine Verfolger, in tiefer Kontemplation in seinem Garten sitzend.

Der Dritte Lord fuhr fort:
– Li, ein wohlhabender Beamter, hatte von seinem Vater einen Meditationsstein aus Jade geerbt. Es war ein wunderbarer Stein. Etwa von der Größe einer Eichel, enthielt er in unterschiedlich dichten Schattierungen von Grün nicht weniger als zwei Gebirgsketten und drei Flüsse, von denen der mittlere sich zwischen den Bergen in eine Deltalandschaft hinabschlängelte, und dann weiter ins offene Meer hinaus. Von bestimmten Biegungen dieses Flusses aus sah man plötzlich eine schneebedeckte Hochebene im Nordwesten. Es war eine von diesen Miniaturlandschaften, in denen der Meditierende seine Gedanken Stunde für

Stunde umherwandern lassen kann, ohne zu ermüden. Solche Steine haben einen hohen Wert. Woher Lis Vater ihn hatte, ist nicht überliefert.

An schönen Aprilabenden, wenn der zur Neige gehende Tag noch ein wenig Kühle zu schenken vermochte, saß der Mandarin Li gern in seinem Gartenpavillon und vertiefte sich in die Landschaft des Steins. Ihn bei solchen Gelegenheiten stören zu wollen, wäre unklug gewesen.

Oft hatte Li die Reise den mittleren Fluß hinab unternommen, war seinem reißenden, ja fast lebensgefährlichen Lauf durch tiefe Schluchten gefolgt und hatte ihn sich wieder erweitern gesehen, um langsam, tiefgrün und würdevoll durch Vogelgebiete weiterzufließen, wo trompetende Kraniche über windbewegt flüsternde Sumpfbinsen streichen.

Hoch oben an den Hängen hatte er die alten Begräbnisstätten noch aus der Zeit der Han-Dynastie gesehen, die ursprünglich weißen Steine, die von Efeu und Moos so überwuchert waren, daß sie eher der grünenden, fruchtbaren Natur anzugehören schienen. Er wußte, wenn man an einer geeigneten Anlegestelle an Land ging, konnte man manchmal einen gewundenen Pfad finden, der vom Fluß aus in rhythmischen Mäandern anstieg. Zuerst durch Gärten, dann durch Wald mit summenden Insekten und wohltuendem Schatten, der jedoch nicht selten mit einer erstickenden Windstille einherging, da der Berg hier jedes Lüftchen abhielt.

Nach einigen weiteren mühseligen Serpentinen des Pfades würde man früher oder später auf ein im Bergschatten halb verborgenes Kloster stoßen, wo Schläge auf schwere Zimbeln einen stark vibrierenden Grundton zu dem leiernden, ständig wiederholten OM bildeten, das von einer

Schar von Mönchen aufstieg. Mächtige, aus uraltem Stein gehauene Elefantenköpfe umgaben diese Klöster in symmetrischer Anordnung. Über diese Köpfe mit ihren langen Rüsseln rankte sich der Efeu, und selbst in dieser Höhe flitzte im Schatten der Bäume die eine oder andere Libelle auf schnellen, unwirklichen Flügeln vorbei. Und noch höher hinauf konnte man gelangen; über Weideflächen, auf denen schwarze Ziegen zwischen Dornbüschen meckerten. Bis man plötzlich oben auf der Kuppe stand, in deren Schutz die Uferschwalben ihre Nester bauten und mit unfaßlicher Präzision durch die Mückenschwärme der Windstille jagten, bis man auf der Kuppe stand, jenseits derer der Wind begann. Ein starker, eigensinniger Wind, der die Wolken über den Berggipfeln in lange Streifen zog wie den Rauch eines riesigen Fabrikschornsteins.

Nicht einmal dieses Hochland mit dürren Büschen und vereinzelten Steinblöcken war dem Mandarin Li gänzlich fremd. Selbst hier war er entlanggewandert. Doch hier war es nicht mehr so einfach, den Weg zu finden. Die Eselspfade verloren sich auf dem harten Boden. Sie kreuzten einander an vielen Stellen, und man lief ständig Gefahr, selbst wenn man zur Flußböschung zurückfand und den Strom grün und ruhig unter sich sah, dennoch keinen Pfad zu finden, der nicht allzu steil hinunterführte.

Die schnelle Yunnannacht brach herein, und der Mandarin Li hatte Schwierigkeiten, die Pfade in seinem Stein zu erkennen. Er erwog, seine Dienerin zu rufen und sie zu bitten, ihm eine Laterne in den Pavillon zu bringen. Das Zirpen der Grillen begann schon laut und aufdringlich zu werden, wie so oft, wenn es Abend wird.

Da fiel ihm ein, gerade als der erste grüne Schwarm von Leuchtkäfern zwischen den Büschen zu tanzen begann, daß er einmal einen kleinen Meditationspavillon an dem Pfad entdeckt hatte, nicht unähnlich seinem eigenen. Oder, vielleicht besser gesagt: er hatte in seiner Phantasie einen solchen Pavillon dort plaziert. Dieser hatte sich an der zweiten Wegbiegung über dem Kloster befunden, direkt neben einem kleinen, windzerzausten Bambusgehölz, das so hoch über dem Fluß fehl am Platze wirkte. Er war an diesem Pavillon mehr als einmal vorbeigekommen – oder hatte ihn vielmehr mehr als einmal dort plaziert – ohne zu wissen, was er enthalten oder wozu er dienen mochte.

Jetzt, bei zunehmender Dunkelheit, beschloß er, ihn wieder aufzusuchen und herauszufinden, was er barg, möglicherweise in der vagen Hoffnung, dort einen Zufluchtsort vor seinen rasch aus dem Norden herannahenden Mördern zu finden. Gerade als er auf diesen Bergpavillon zuging, sah er, wie dort drinnen eine Laterne angezündet wurde. Der Pavillon hatte keine Tür, sondern einen Schilfvorhang, der leise im Wind raschelte. Li schob ihn zur Seite.

Auf einer Bastmatte saß die schönste Kurtisane, die Li je gesehen hatte. In ihren schmalen weißen Händen hielt sie eine Laute. Sie nickte ihm freundlich und einladend zu, doch Li empfand eine eigentümliche Mischung aus Lust und Trauer. Es erschien ihm sehr merkwürdig, daß eine so schöne und verlockende Frau sich an einem so überraschenden Ort befinden konnte, an einem Berghang hoch über einer Talschlucht mitten in der Landschaft seines eigenen Meditationssteins. Er bemerkte, daß ein großer, tiefroter Mond gerade über dem Gebirgskamm im Osten aufgestiegen war.

Die schöne Kurtisane lächelte verheißungsvoll und schlug auf ihrer Laute ein paar Töne an.

– Welches Lied möchtest du am liebsten hören, fragte sie mit sehr sanfter und melodischer Stimme. Ich kann alles, was du dir nur wünschst, Balladen, Liebeslieder, lyrische Verse...

Ihr Gesicht war jetzt nicht ganz unähnlich einem Mond, rund und einladend hob es sich ab von der Dämmerung, die sie umgab.

– Setz dich ruhig hin und such dir etwas aus, sagte sie.

– Ich fürchte, sagte Li, wenn ich hier sitze und verzaubert bin von deinem Gesang, kommen in meiner anderen Welt Männer an, um den Mandarin Li zu ermorden.

– Aber ist das wirklich etwas, was dich kümmern muß? fragte die Kurtisane. Ist das nicht eine Sache, die sie nach allen Regeln der Kunst auszuführen in der Lage sein müssen, auch ohne dich?

– Natürlich hast du recht. Aber dennoch habe ich das deutliche Gefühl, ich müßte dabei sein. Schließlich war ich das in allen anderen Augenblicken meines Lebens. Sollte ich nicht auch diesen letzten mit meiner Anwesenheit ehren?

Das Mädchen lächelte mit schönen weißen Zähnen. Gedankenverloren begann sie, die schweren, nachtschwarzen Flechten ihres Haares zu lösen.

– Der letzte Augenblick, sagte sie versonnen, kann aber kaum deinem Leben angehören. Wenn er überhaupt jemandem gehört, dann zum Leben eines anderen. Komm jetzt und setzt dich her zu mir!

Der Mandarin Li tat, wie ihm geheißen, und als er sich zu ihr setzte, nahm er wahr, wie köstlich ihre Haare, ihr Rücken und ihre Schultern dufteten, und er empfand eine starke Lust, sie zu besitzen. Das Mädchen aber, dieses spürend, rückte ein kleines Stück von ihm weg und sagte:

– Das darfst du gern, zuerst aber mußt du dir etwas ansehen, was ich dir zeigen werde.

Aus einer verborgenen Falte ihres Seidenkimonos zog sie einen winzigen, vollendeten Meditationsstein aus Jade. Dieser war nicht unähnlich seinem eigenen, der jetzt für ihn völlig unerreichbar war, da er sich tief in dessen Landschaft befand.

Und so war die Leidenschaft des Mandarins Li für solche Dinge beschaffen, daß er, während seine Rechte langsam, aber begierig am linken Schenkel der schönen Kurtisane hochglitt, wo ihr Gewand aus hauchdünner Seide sich willig teilte, seinen Blick auf der Landschaft verweilen ließ, die der Stein in seiner Linken barg.

Dort ließ sich unschwer ein gewundenes Flußtal zwischen hohen Gebirgsketten erkennen, nicht unähnlich dem in seinem eigenen Stein. Tatsächlich konnte man selbst im flackernden Laternenschein die Stelle über dem Fluß ausmachen, an der Li sich jetzt befand. Während er sich bedächtig immer intimeren Körperteilen der vor Erwartung zitternden Kurtisane näherte, begann er in Gedanken, wieder den Weg zum Fluß hinab einzuschlagen. Die Kurven dieses Weges waren leicht wiederzuerkennen ...

Unten am Fluß erwartete ihn ungeduldig ein Fährmann, um ihn überzusetzen. Offenbar war es wichtig, ihn vor Untergang des Vollmondes zu dem Gartenpavillon zu bringen, wo ein dringender Auftrag seiner harrte.

Ohne Überraschung stellte er fest, daß die Seidenschnur schon in seiner Tasche bereitlag. Ganz offensichtlich hatte er in der Landschaft dieses Steins den Auftrag, dem Mandarin Li in Kunming das Todesurteil des Kaisers zu überbringen und es zu vollstrecken.

Einen Moment lang blickte er auf und sagte zu dem Mädchen, das jetzt im Mondschein die großen, runden Brüste entblößt hatte:

– Der Stein, den du mir gabst, ist so bemerkenswert, daß er wohl ein Geschenk des Kaisers persönlich ist?

Sie nickte kurz, denn etwas an der Situation hinderte sie am Sprechen.

13.
(Die Nacht des Jean Sibelius)

– Nach dem Jahre 1929 hat Jean Sibelius kein Werk von Bedeutung mehr geschaffen. Dies ist um so erstaunlicher, als er bis 1957 gelebt hat. Er hat sich von Helsinki in das Dorf Järvenpää – oder Träskända, wie es auf Schwedisch heißt – zurückgezogen, zum Teil vielleicht, um dem Restaurant Kemp zu entkommen, das in mancherlei Hinsicht eine Versuchung für ihn darstellte, aber auch, um Stille zu finden. Stille war in all diesen Jahren eigentlich das einzige, was Jean Sibelius ersehnte.

Es war der Siebte Lord, der seine Erzählung auf diese Weise einleitete. Weiter kam er aber nicht, da man ihn bereits unterbrach.

– Es liegt gerade eine kleine, aber ganz deutliche Betriebsstörung im Großsegelcomputer vor, sagte der Fünfte Lord und kratzte sich unterm Kinn. Noch macht sie sich nur als mikroskopische, aber durchaus wahrnehmbare Oszillation der Steuerorgane bemerkbar. Sie nimmt lediglich in arithmetischer Progression zu, ich kann sie aber mit den bekannten Mitteln nicht beheben. Ich weiß noch nicht so recht, woher sie kommt, doch nach dem Everettschen Gesetz gibt es eine für jeden offensichtliche 73,8-prozentige Wahrscheinlichkeit, daß sie sich weiterhin verstärkt und innerhalb von sechs Stunden zum totalen Zusammenbruch führt. Das Segel wird brüchig werden, wir werden zwar nicht langsamer, verlieren aber jegliche Manövrierfähigkeit und können nicht mehr rechtzeitig dem verräterischen Meteorschwarm ausweichen, vor dem die Boje Eubulides III uns seit vierzig Minuten warnt. Bei unveränderter Geschwindigkeit werden wir in eine ionisierende Gaswolke verwandelt, bevor wir überhaupt mit den festen Bestandteilen des Meteorkomplexes kollidiert sind. Auf eine Art ist das Ganze interessant: wie die Herren bemerkt haben, ist der Fehler subtil, aber universell. Er breitet sich in verschiedenen Systemen des Schiffes aus, unter anderem auch in diesem. Ich unterbreche ungern, aber ich denke, die Sache ist der Erwähnung wert, da es bedeutet, daß die restliche Zeit unseres Beisammenseins genau bemessen ist. Unsere Erzählungen sind bereits von dieser Störung gefärbt.

– Na, schaden kann es jedenfalls nichts, sagte der Erste Lord mit einem unterdrückten Gähnen. Mir hat schon immer eingeleuchtet, was Henry James gegen die Erzählungen von H. G. Wells eingewendet hat, wie wir alle aus *The Times Literary Supplement* vom 13. März 1914 wissen, daß sie nämlich zu wenig romantisch seien. Sie handelten nur von Maschinen, hat James gesagt. Keine Romantik, keine Menschenkenntnis, keine sublimen Situationen. *Saturation* ist, glaube ich, der Ausdruck, den James verwendet.

– Der Meister wurde mit den Jahren immer melancholischer, fuhr der Siebte Lord unbekümmert fort. Seine Ehefrau Aino, eine sehr geduldige Frau, erzählt, wie er in diesen Jahren manchmal wieder zu komponieren versuchte, man hörte, wie er dort oben auf dem Flügel spielte, in seltsamen Akkorden. Doch stets mit dem gleichen Ergebnis: zum Abendessen erschien er mit feuchten Augen, zerrissenes Notenpapier in den Händen. In der langen Isolierung der Kriegsjahre saß er in den klirrend kalten

Winternächten oft oben in seinem Zimmer und drehte an seinem Kurzwellenempfänger. Es war still hier draußen. Drüben fielen keine Bomben mehr auf Helsinki. Er wechselte von einem Wellenbereich zum anderen, um zu hören, ob man ihn noch spielte draußen in der Welt. Manchmal hatte er tatsächlich Glück: aus Bratislava kam ein Fragment der Lemminkäinensuite, von anderswo ein paar Takte aus dem Schwan von Tuonela, bevor sie unwiderruflich in einem gnadenlosen Ionosphärenfading versackten. (War das, was er hörte, wirklich die Voice of America? Dieser Sender wurde offenbar stärker mit jedem Monat, der verging.) Und, leider durch einen Bombenalarm unterbrochen, in einem live gesendeten Konzert aus Leipzig das prachtvolle Eröffnungsthema der Bühnenmusik von Pelléas und Mélisande, aber in einem Tempo gespielt, das der Meister allzu schnell fand – als fühlten sich die Musiker von der Zeit gejagt und wüßten nicht mehr, wieviel Zeit ihnen zum Spielen bleiben würde. Und dann, nach Monaten des Wartens, der Kakophonien, schmetternden Propagandasendungen und eigentümlichen Codes, ein Fragment aus der Einleitung der Siebten Sinfonie mit der mächtigen, unisonen C-Dur-Skala, wie die leuchtende Erinnerung an eine bessere Welt und den Traum von einer Musik, die auf einmal *gesättigt* ist mit all ihren früheren Erfahrungen.

So vergingen Monate und Jahre. Manchmal bekam er diese Abendbeschäftigung satt, die nicht nur ihm, sondern auch seiner wahrlich geduldigen Frau als irgendwie verboten und vermessen erschien in ihrer ganzen Egozentrik. An den Frühlingsabenden, wenn man die Fenster auf den hellen Himmel hin öffnen konnte, saß er dann lieber Abend für Abend ganz still da, um den ersten Kranichen des Jahres zu lauschen: »Ihre Laute sind der Leitfaden meines Lebens.«

In einer solchen magischen Vorfrühlingsnacht des Jahres 1948, als noch kein Kranichpaar vorbeigekommen ist, der Meister aber gedankenverloren an dem schon viel zu lange geöffneten Fenster sitzt – das Zimmer begann schon auszukühlen und die Decke, die Aino ihm über die Schultern gelegt hatte, ist unmerklich herabgeglitten – hört er von unten ein fremdes Geräusch. Jean Sibelius beugt sich hinaus, und zu seinem Erstaunen sieht er ein junges Mädchen, das dabei ist, an der Wand der Villa hinaufzuklettern. Sie wendet ihm ein schmales, ernstes Gesicht zu, aus dem ihre prüfenden blauen Augen ihn mit größter Aufmerksamkeit mustern.

Meister Sibelius mit seinem monumentalen, kahlen Schädel runzelt verärgert die Stirn. Diese amerikanischen Touristen werden seit drei Jahren immer lästiger, Musikstudenten, Schwärmer und Journalisten. Hat er dem örtlichen Busfahrer nicht fünfzig Mark gegeben, damit er sie am Dorf Järvenpää vorbeilockt? Jetzt kommen sie aber offenbar zahlreicher denn je, und immer früher im Jahr. Was soll ich nur tun, um meine Stille zu behalten?

In diesem Augenblick machte Jean Sibelius eine sehr merkwürdige Entdeckung. Das Mädchen, das einen Pullover nach der damaligen Mode und einen dieser – ziemlich kurzen – Plisseeröcke trug, die man zuweilen auf Bildern aus dem ständig Jitterbug tanzenden Amerika sah, kletterte tatsächlich lediglich mit Hilfe des Efeus die Wand hoch! Noch nie in seinem ganzen Leben hatte er etwas Derartiges erlebt! Zwar sah sie, so von oben betrachtet, ziemlich klein und dünn aus, aber eine ziemlich hohe

Hauswand zu erklimmen und sich dabei nur auf die kurzen Füßchen der Efeuranken zu verlassen – das war doch ein starkes Stück!

Ohne nachzudenken streckte er die Hände aus, um ihr hereinzuhelfen. Die Überraschung war diesmal noch größer, denn dieses Mädchen war leicht wie eine Feder. Nicht so, wie man metaphorisch sagt »leicht wie eine Feder«. Dieses Mädchen war, im Unterschied zu jedem anderen Mädchen im langen Leben des Tonsetzers Jean Sibelius, *wirklich* leicht wie eine Feder. Mit unfaßlicher Mühelosigkeit hob er sie über das Fensterbrett herein und konnte, als er beide Hände mit festem Griff um ihre jungmädchenhaft schmalen, etwas knochigen Hüften gelegt hatte, nicht umhin festzustellen, daß sie, trotz ihrer unwirklichen Leichtigkeit, sehr substantiell war.

Mit einer entschiedenen Bewegung setzte er sie aufs Sofa, was überraschend zur Folge hatte, daß sie, langsam wie die Rauchwolke aus einer Tabakspfeife, zur Decke emporzusteigen begann. Der Meister bemerkte, ein wenig konsterniert, daß sie einen weißen Schlüpfer und Nylonstrümpfe trug.

– Wer bist du denn, mein Mädchen.

– Das ist ein wenig schwierig zu erklären.

– Ich träume dich gewiß? Sag ruhig, wie es ist: ich bin am Fenster eingeschlafen. Glaubst du, ich werde eine Lungenentzündung bekommen?

– Oh, keine Angst, antwortete sie in einem sehr reinen Schwedisch, dem man möglicherweise einen leichten Hauch des nyländischen Dialekts anhörte.

– Wie heißt du denn, mein Mädchen?

Sie war jetzt langsam wieder auf dem Weg hinab zu dem Kanapee, auf das Sibelius sie vorhin so resolut zu setzen versucht hatte. Zweifellos ein hübscher Pullover, dachte er in dem Augenblick, als dieser an ihm vorbeischwebte. Aber tragen diese modernen Musikstudentinnen keine Büstenhalter mehr unter ihren Wollsachen?

– Mélisande, natürlich.

Freilich, so mußte es sein.

– Na, sagte Sibelius und setzte sich neben sie auf das Kanapee. Wenn du schon so weit gekommen bist, muß ich wohl oder übel ein paar Worte mit dir wechseln.

Unbefangen legte er ihr den Arm um die Schultern und spürte einen Augenblick die Wärme ihres schmalen Nakkens an seiner Hand.

– Was soll ich dir erklären? Das Trompetenthema am Ende der Fünften Sinfonie, vielleicht? Dazu bekomme ich mittlerweile viele Briefe von ausländischen Konservatoriumsstudenten. Sie wollen immer wissen, ob Kraniche dahinterstecken.

– Aber das versteht sich doch von selbst, sagte das Mädchen mit klarer, angenehmer Altstimme. Es ist das gleiche Thema wie bei der Klarinette in »Szene mit Kranichen« in Kuolema. Das ist ein alter Hut. Und das gleiche Thema, das auch der Cellostimme am Anfang der Achten Sinfonie zugrundeliegt.

– Aha, sagte Sibelius in einem plötzlichen Zornesausbruch. Jetzt hab ich dich aber, du kleine Verführerin! Jetzt bist du entlarvt! Das weiß doch jeder, daß es keine Achte Sinfonie von Jean Sibelius gibt. Und daß sie, wenn sie zur Welt gekommen wäre, mit leisen, gleichsam quintillierenden Bewegungen in der Cellostimme begonnen hätte – die dann langsam in die Folge von Quint- und Sextintervallen des Kranichrufs übergehen – das weiß, hol mich der Teufel, ich allein. Also träume ich dich doch! Verflixt nochmal! Keiner hat das Fenster zugemacht. Ich werde mit einer entsetzlichen Erkältung aufwachen, womöglich eine Lungenentzündung bekommen.

Verärgert zog der Meister seinen Arm von den Schultern des Mädchens zurück.

– Ich mache das Fenster gern zu, wenn du willst, sagte das Mädchen. Du wirst dir eine Lungenentzündung holen, da hast du ganz recht.

Sie flog eher vom Sofa hoch, als daß sie aufstand, und machte leise das Fenster zu. Wie gut, daß sie daran dachte, Aino nicht zu stören.

– Na, das ist doch wenigstens etwas, sagte Sibelius. Warum bist du übrigens so *leicht*?

– Es hat etwas mit der Übertragung zu tun, sagte das Mädchen. Es ist sehr schwierig, mich in dem Wahrscheinlichkeitskontinuum festzuhalten, in dem sich die Konfiguration »Jean Sibelius« realisiert hat. Ich könnte schwerer sein, aber das wäre gefährlich. Falls es irgendeine Störung in der Übertragung gäbe, nur eine kleine Störung, würden große Krater entstehen. Dir erscheint es so, als stünde ich still, wie ich es aber sehe, muß ich mich sehr schnell bewegen, um mit dir Schritt zu halten. Es ist so. Es läßt sich schwer erklären. Aber es ist so. Man könnte sagen, ich *stehe* in der Bewegung.

Sibelius machte ein nachdenkliches Gesicht, seine Augen waren jetzt halb geschlossen, ja, sie zwinkerten, als würde er in aller Stille eine List aushecken...

– Hör mal, Mélisande, sagte er mit einem unnatürlich sorglosen Tonfall, wenn du eine so tüchtige kleine Studentin bist, kannst du mir vielleicht erklären, wie diese Sinfonie weitergeht...

– Ja, sicher, sagte Mélisande. Wenn wir nach der Melodik gehen, kommt nach der Generalpause dieser berühmte Tempowechsel zum Allegro, und es beginnt mit den Quintenparallelen bei den Streichern, dann das E-As-E-B der Trompeten in ihren höchsten Lagen, und gleich darauf, in der für dich typischen Art, ein Triller der Oboe. Und dann dagegengeführt das gleiche Thema in Moll von den Posaunen, es ist entfernt verwandt mit dem, was du in der Finlandia gemacht hast, aber, mit Verlaub gesagt, nicht so *zirkusartig*. Diesmal ist es viel demütiger ...

– Schlampe! Aber bitte, korrigierte sich der Meister rasch, mach nur weiter. Es interessiert mich sehr, wie meine Achte Sinfonie auf einen musikalischen jungen Menschen wirkt. Laß mal hören! Erzähl ruhig, was dir gefällt und was dir nicht gefällt, und sing mir alle Themen vor! Wieder legte er ihr seinen Arm väterlich um die Schultern.

Das Mädchen fuhr freundlich und unbeirrt fort, unterbrach sich hin und wieder, um ein Motiv zu summen, an das sich der Meister nicht sofort »erinnern« konnte, pfiff und trällerte und erzählte. Das weiße Licht der Frühlingsnacht ging unendlich langsam in die Dämmerung über, doch der Meister schob den Augenblick hinaus, in dem die Lampe angezündet werden mußte. Mit zurückgelehntem Kopf und geschlossenen Augen lauschte er dieser so lange erträumten Sinfonie, die ihm jetzt einfach, ja, fast selbstverständlich erschien. Natürlich war sie genau so. Das hatte er ja immer schon gewußt.

– Es ist doch seltsam, Mélisande, sagte Jean Sibelius, als das Mädchen endlich zum Ende gekommen war, daß ich dich geträumt habe. Denn du weißt ja tatsächlich etwas über mich, was ich nicht wußte. Oder ist es mein Unterbewußtsein, das spukt?

– Das glaube ich ganz und gar nicht, sagte Mélisande mit ihrem leichten, gleichsam flüchtigen Lachen, und ließ diskret ihren warmen blonden Kopf immer weiter an seinem Arm herabsinken, aber woher weißt du, *daß nicht ich es bin, die dich träumt*? Ist es nicht stets das logisch stärkere System, welches das schwächere beschreibt?

– Wer solltest du denn sein, mein Mädchen?

– Das ist schwer zu erklären, antwortete Mélisande in fast kicherndem Ton, Wenn ich es sage, wirst du nur unglücklich sein, daß du nicht mehr gefragt hast. Sagen wir einfach, ich sei deine Achte Sinfonie. Und ich hätte gemeint, du habest es verdient, mich einmal zu sehen.

Im nächsten Augenblick flatterte nur die weiße Gardine am Fenster eines rasch auskühlenden Zimmers. Als der starke Mann, der er war, überlebte Jean Sibelius diese Nacht.

Doch blieb er melancholisch bis zu seinem Tod.

14.

(Von der Kunst des Falkners)

Spiegel: noch nie hat man wissend beschrieben,
was ihr in euerem Wesen seid.
Ihr, wie mit lauter Löchern von Sieben
erfüllten Zwischenräume der Zeit.
    (Rilke, Die Sonette an Orpheus, 2. Teil, III)

König Dancus saß in seinem Palast. Seine Schüler umringten ihn, und sie sprachen über ihre Jagdfalken und deren Pflege. Und wie man es anfing, daß sie ihre Wendigkeit behielten. Der König war klug und vorausschauend; er wußte, wie man solche Vögel mit allem versieht, was sie brauchen.

König Gallatianus hörte davon, und er begab sich dorthin, um ihn zu besuchen und sich selbst zu vergewissern, ob es wahr sei, was über seine Stadt Antram gesagt wurde. Er nahm im vornehmsten Teil der Stadt Quartier und sandte dem König einen Boten, um ihm mitzuteilen, daß er die Kunst der Falkenjagd erlernen wolle. Als König Dancus das erfuhr, lachte er laut vor Ergötzen über dieses Anliegen; er ließ nach Gallatianus schicken und bat ihn in seinen Saal, der mit Wohlgeruch erfüllt war. Die Decke war bemalt, und es waren wunderbare Dinge darauf zu sehen, zahllos wie die Sterne am Himmel. Wände und Boden zierten erlesene Muster, das Bett war aus Elfenbein, und der Überwurf war aus dem Fell eines Raubtiers gemacht, das Luchs heißt. Auf diesem Bett lag König Dancus ausgestreckt.

Zuvorkommend, wie es seine Art war, fragte er Gallatianus, was sein Anliegen sei.

König Gallatianus antwortete: »Ich komme in meiner Eigenschaft als König, um dich kennenzulernen und festzustellen, ob es stimmt, was man von dir sagt, daß du nämlich sehr weise bist und eine Kunst beherrschst, die besser ist als jede andere, die Kunst, einen Vogel mit einem anderen Vogel einzufangen. Ich möchte gern dein Schüler in dieser Kunst werden.«

Als König Dancus das hörte, sagte er lachend: »Einverstanden. Du sollst mein Schüler werden. Komm morgen zu mir, dann wirst du sehen, was meine Vögel machen!«

– Die Alten, fuhr der Fünfte Lord nach einer gedankenvollen Pause fort, Die Alten haben viele sonderbare Dinge getrieben, sie verfügten über einen großartigen Einfallsreichtum. Unter anderem haben sie oft das gesamte mentale System einer Rauchschwalbe kopiert, die Seele einer Schwalbe, könnte man sagen, verwandelt in eine elektronische Struktur, und haben sie in einem größeren Computersystem nisten lassen.

Dort lebte sie ihr Leben und fing sogenannte *worms* – potentiell destruktive Programmstörungen von der Art, wie sie stets in großen Systemen auftreten – genau wie eine gewöhnliche Schwalbe herumschwirrende Insekten fängt.

Ich frage mich, wie diese »Schwalben« ihr Leben empfanden. Als eingesperrt? Oder lebten sie vielleicht an einem endlosen blauen Sommertag, mit einem reichlichen Vorrat an Fliegen und Mücken und phantastischen Flugerlebnissen, bei denen sie um hervorspringende Ecken jagten und durch schmale, vielbefahrene Straßen und Gassen schossen.

Ein anderer faszinierender Brauch bei den Den Alten war die Kunst, die es erlaubte, einen Vogel mit Hilfe eines anderen Vogels im Flug zu fangen. Welch unermeßlich nützliche Lehre ist das für uns gewesen. Hat es uns doch gezeigt, wie man ein Monster mit der Hilfe eines anderen Monsters fangen kann!

Als König Gallatianus am folgenden Tag wiederkam, waren König Dancus und alle seine Schüler im Vogelhaus versammelt, und sie hatten bemerkenswerte Dinge vorzuführen.

Die Falken, mit dunklen Lederhauben über ihren grausamen jungen Köpfen, saßen auf den behandschuhten Knöcheln ihrer Herren, und diese strichen ihnen leicht mit einer Feder über den Schwanz, um sie ruhig zu halten. Mit der anderen Hand löste der Falkner dann die Schnüre der Lederhaube und warf seinen Vogel in den Gegenwind, der an einem mit vielerlei duftendem Heidekraut bewachsenen steilen Abhang aufstieg. Rasch schwang sich der Falke in immer weiteren Kreisen empor, doch das Merkwürdige war, daß er, wenn er eine bestimmte Höhe erreicht hatte, nicht weiter stieg; es schien, als vermöge ihn König Dancus an einer unsichtbaren Schnur genau in der passenden Höhe und in der rechten Bahn zu halten.

Und schon tauchte ein Entenschwarm über der Hügelkuppe auf. Der Falke stürzte sich so schnell auf eine der letzten in der Schar, daß man Entenfedern in alle Richtungen stieben sah. Dann ließ er den toten Vogel so sauber, so hübsch ordentlich in seinen Krallen baumeln, daß keiner, ob König oder gemeiner Mann, gezögert hätte, diese Ente auf seinen Tisch zu bringen.

– Es gefällt dir, nicht wahr, zu sehen, wie man die Kunst ausübt, einen Vogel mit einem anderen Vogel zu fangen?

sagte König Dancus nicht ohne Stolz zu seinem Gast. Was willst du mir dafür geben, wenn ich sie dich lehre?

– Was willst du haben, sagte König Gallatianus. Ein Lehen? Eine Kiste Gold? Einen Troubadour?

– All das ist fürwahr wertvoll, und daß du es mir anbietest, zeugt nicht nur von Reichtum, sondern auch von fabelhafter Großzügigkeit, sagte König Dancus. Wenn ich es aber recht bedenke, ist es doch etwas anderes, was ich zum Lohn für meine Gelehrsamkeit haben möchte.

– Musiker, Tänzerinnen? Gaukler und Seiltänzer? Eine Schauspielertruppe?

– Auch das nicht, sagte König Dancus nachdenklich. Nein, mehr als alles andere wünsche ich, daß du mich eine ähnliche Kunst lehrst.

– Oh, ich weiß nicht, ob ich überhaupt etwas kann, was mit dieser vergleichbar wäre, sagte bescheiden König Gallatianus. Es sei denn... aber ich weiß nicht, ob das einen so großartigen Fürsten und Falkner reizen könnte, wie du es bist, König Dancus...

König Gallatianus erschien ein wenig verlegen und zögerte offenbar, seinen Vorschlag zu unterbreiten.

– Nur heraus damit, sagte König Dancus.

– Was ich dir zeigen und dich lehren möchte, ist ein wenig schwer mit Worten auszudrücken, sagte König Gallatianus. Aber wenn ich morgen wiederkommen darf, werde ich dir einen Gegenstand zeigen, der genauso bemerkenswert ist wie deine Vögel.

Am folgenden Tag, als König Dancus und alle seine Höflinge und Schüler in dem fürstlichen Saal versammelt waren, ließ König Gallatianus einen Gegenstand hereintragen, mannshoch, in einen prachtvollen Stoff gehüllt und so schwer, daß es zwei seiner Männer bedurfte, um ihn zu heben. Nachdem sich alle nach den Anweisungen von König Gallatianus auf der einen Seite des Gegenstands aufgestellt hatten, zog er die Hülle weg, worauf ein Ausruf des höchsten Erstaunens von König Dancus und seinem Hof zu hören war.

Denn was dieser Gegenstand wiedergab, klar wie in einem sehr stillen Gewässer, waren sie selbst, der Saal, in dem sie sich befanden, ja, jedes einzelne Detail des Raums, wie durch dunkles Wasser gesehen. Gierig schien dieses Fenster jede Einzelheit des Raums aufzufangen und sie in seinen eigenen Raum zu übertragen. Die Stille war jetzt atemlos. Wie lange würden die Gegenstände im Saal diese subtile Ausplünderung ertragen, der sie unterworfen waren? Wie lange würde dieser Raum mit seinen Gobelins, Königen, Eleven und Höflingen es aushalten, verdoppelt zu werden?

Einer der Schüler von König Dancus ging zu dem Gegenstand hin und versuchte behutsam, die Dinge auf der anderen Seite zu berühren. Doch das einzige, was er berühren konnte, war eine Oberfläche, hart und kalt wie Eis. Und zu seinem ängstlichen Erstaunen wurde auch der Abdruck seiner feuchten Hand dort drinnen, auf der anderen Seite nachgeahmt.

– Fürwahr ein bemerkenswertes Wissen, sagte König Dancus. Aber ist so etwas wirklich möglich? Oder ist es nur Zauberei, die man uns hier vorgaukelt?

Schon Die Alten, fuhr der Fünfte Lord fort, hatten etwas entdeckt, was sie aufs äußerste faszinierte. Ein Partikelpaar, das aus der gleichen ursprünglichen Kollision hervorgegangen ist, muß einen entgegengesetzt gerichteten

Spin haben. Ändert man nun den Spin des einen Teilchens, muß sich auch der des anderen ändern, wie weit entfernt im Unviersum es sich auch auf seiner Bahn befinden mag. Wie kann das eine Teilchen wissen, was mit dem anderen passiert?

Die Antwort auf diese Frage ist natürlich eine andere Frage: wie kann das Bild im Spiegel wissen, wann es sich zu bewegen hat, wann es lächeln soll, wann tiefer in den Raum hineingehen?

Es ist ein Spiegelbild, eine Reflexion, und nichts weiter. Was Die Alten so schwer begreifen konnten, ist, daß es Systeme gibt, die einander gegenseitig reflektieren, wobei keines wirklicher ist als das andere, und beide Systeme gleich abhängig voneinander. Sie hatten zwar eine Vorstellung davon, jedoch nur äußerst unvollkommen entwickelt: wie eine *magische* Vorstellung. Es gibt vieles, was sie entschuldigt, nicht zuletzt ihre ungeheuer dogmatische Anschauung von der Natur des Raums.

– Sind wir soweit, den Falken bereitzumachen, fragte der Erste Lord.

– Der Falke ist initiiert, your Lordship, antwortete ein soeben materialisierter, schwarz uniformierter Matrose.

Er trug die Rangabzeichen eines Bootsmanns der britischen Flotte und hatte stilgerecht einen Jagdfalken am rechten Ärmel. Er schien nicht sehr stark beschäftigt, sondern beobachtete nur fasziniert das Heranwachsen eines in der Tat merkwürdigen Homunculus.

In dem gläsernen Tank vor ihm, etwa von der Größe eines durchschnittlichen Wohnzimmers, ging ein sehr eigentümliches Schauspiel vor. In der kristallklaren Flüssigkeit, die den Tank füllte, bildeten sich rasch die Pseudopodien eines amöbenhaften Wesens heraus. Sein Zentrum schien in einem langsamen Rhythmus zu pulsieren, als finde dort eine Art Atmung statt, und mikroskopische, vielleicht statische elektrische Entladungen erleuchteten hin und wieder Teile des seltsamen Tieres, das schon mit seinen expandierenden und sich wieder zusammenziehenden Fangarmen in alle Richtungen tastete.

Die Entladungen sahen ungefähr aus wie ein Gewitter, wenn man es im Flugzeug überfliegt; das plötzlich aufflammende und wieder verschwindende Licht wird zu einem Gedanken der Wolke selbst, den sie denkt und im nächsten Moment wieder fallenläßt. Die Bewegungen des Tieres – falls es nun ein Tier war – wurden immer schneller. Wenn sie sich weiter mit der gleichen Geschwindigkeit beschleunigten, würde es bald unmöglich sein, ihnen mit dem Auge zu folgen.

– Es ist immer wieder faszinierend, den Falken heranwachsen zu sehen, fuhr der Erste Lord fort. Ich kenne keinen, der es satt bekommt. Es sieht auch ziemlich unheimlich aus, obwohl man weiß, daß er eigentlich nur ein Computerprogramm ist. Er verläßt den Tank natürlich nie. Das unterscheidet ihn von den alten Falken.

– Wie weit sind wir von dem wirklichen Monster entfernt, your Lordship?

– Sie meinen das *polare* Monster? Keines ist in dieser Situation wirklicher als das andere. Der einzige Unterschied ist, daß wir dieses unter Kontrolle haben, das andere nicht. Es dürfte jetzt wohl nur ungefähr zwanzig Lichtjahre entfernt sein. Wenn wir den Falken nicht hätten, würden wir bald in ernster Gefahr schweben.

– Und wie groß ist das polare Monster?

– Das ist schwer zu sagen. Es wechselt ja ständig die Größe. Klein ist es nicht. Wie ein kleineres Sonnensystem vielleicht. Geringe Densität, große Energie. Genaugenommen eine der größten Lebensformen, die der Wissenschaft bekannt sind.

– Und was genau soll jetzt geschehen?

– Wir werden die Ladung eines jeden Elementarteilchens beim Falken ändern. Das wird ihn zerstören, da es ein völlig anderes Ionisierungsmuster ergibt. Doch im gleichen Augenblick wird das polare Monster natürlich auch zerstört. Wenn wir in zwanzig bis fünfundzwanzig Tagen das Gebiet durchqueren, werden dort nur noch einige Gasreste übrig sein. Man kann also sagen, wir zerstören das Original, indem wir die Abbildung zerstören. Wir haben die alte Voodoo-Magie verwirklicht.

– Aber könnte das Monster nicht den Falken zerstören?

– Gewiß, aber dann nur um den Preis seines eigenen Todes.

König Dancus betrachtete lange und schweigend, was er sah. Dann sagte er:

– Wie nennt man dieses Ding?

– Man nennt es Spiegel.

– Mir kommt es so vor – aber verbessere mich, wenn ich im Irrtum bin – als hafte einem Gegenstand dieser Art etwas zutiefst Dämonisches an. Mißversteh mich nicht, mein lieber Gallatianus, wenn ich dich bitte, ihn an den Ort zurückzubringen, von dem er gekommen ist.

– Dasselbe gilt für deine Vögel, erwiderte König Gallatianus gutmütig und wies seine Männer an, den venezianischen Spiegel wieder fortzuschaffen.

15.

(Erzählung vom Rio Grande)

– Der südlichste Winkel der Vereinigten Staaten liegt im Nationalpark von Big Bend, genau dort, wo der Rio Grande auf seinem langen Weg nach Osten wieder nordwärts schwenkt.

Tja, fügte der Siebte Lord hinzu, während er etwas schulmeisterlich seine Goldrandbrille putzte, die einen Augenblick zuvor bestimmt nicht dagewesen war, mit »liegt« meine ich den Zeitpunkt, zu dem meine Erzählung spielt, nämlich das Jahr 1985, also ein paar Jahrzehnte vor der Entstehung des Amerikanischen Imperiums.

Kurz bevor der Fluß in den steilen Boquilla Canyon einbiegt, durchquert er ein flacheres Gelände mit tiefgrünem Schilf und Bäumen, es sieht aus, als bilde der Fluß ein tiefgrünes Band inmitten der fahlgelben Farben der Wüste und Halbwüste. Hier gibt es eine Furt, wo man damals ohne Schwierigkeiten von den USA hinüberwaten konnte zu dem kleinen Dorf Carmen Boquilla auf der mexikanischen Seite. Die Grenzpolizei gab sich recht nachsichtig; Menschen, die aus den Vereinigten Staaten herauswollten, waren schließlich kein Problem, und offenbar war es einfach zu kontrollieren, welche von den Zurückkehrenden Touristen waren und welche nicht.

An einem schönen Herbsttag des Jahres 1985 überquerte ich mit meinen beiden Reisegefährten den Fluß. Das noch novemberwarme Wasser ließ unsere Jeans an den Beinen kleben, war aber kein bißchen kalt. Wir verzichteten darauf, Maulesel von den kleinen Jungen zu mieten, die stets auf der mexikanischen Seite unter den Bäumen bereitstehen, gaben ihnen aber großzügig von den Münzen, die wir in den Taschen trugen. Das hatte zur Folge, daß einige ihrer kleinen Geschwister uns als Wegweiser zum Dorf hinauf begleiteten, das auf dem Kamm einer kleinen Hügelkette liegt, mit Aussicht nach Norden, zu den Vereinigten Staaten, und nach Süden, wo nichts anderes als die mexikanische Hochebene sich über Hunderte von Kilometern ausbreitet.

Eine Landschaft ohne Gnade und ohne Quellen, wo Schwärme von Truthahngeiern wie riesige Begräbnisschals über der trockenen Erde hängen, die bewachsen ist mit Mesquitesträuchern, Kakteen und vereinzelten Tamarisken.

Carmen Boquilla ist kein besonders bemerkenswerter Ort. Am ehesten ein geographischer Punkt, es bietet den Anblick einiger staubiger, verwitternder Häuser; ein paar einfache kleine Restaurants, das heißt, ein paar Stühle und Tische aus schadhaftem Plastik unter einem Bastdach, ein gemauerter Herd, über dem ein *caprito* langsam am Spieß rotiert, und einige Coca-Cola-Flaschen für die Touristen. Umherstreifende kleine schwarze Hunde, Ziegen, altmodische PKW's in endloser Reparatur in einer primitiven Werkstatt.

Carmen Boquilla war schon im tiefsten Nachmittagsschlaf versunken. Wir lenkten unsere Schritte zu dieser Werkstatt, ein wachsendes Gefolge von Hunden und kleinen Jungen auf den Fersen, um nach dem *portugiesischen Doktor* zu fragen, wie er am Ort genannt wird. Der Werkstattbesitzer fragte uns, als es uns schließlich gelungen war, ihn zu wecken, recht verdrießlich nach unserem Anliegen; ob wir etwa irgendein akutes Leiden hätten, das

Behandlung erforderte? Es sei richtig, daß der Doktor in dem kleinen Haus im Hinterhof wohne, doch er sei jetzt unterwegs auf Patientenbesuch, und man könne nicht wissen, wohin er gefahren sei. Wegen des Straßenzustands und der enormen Dimensionen der Landschaft komme es nicht selten vor, daß er mehrere Tage lang fortbleibe. Enttäuscht wandten wir uns wieder der Straße zu, um sogleich eine riesige Staubwolke zu entdecken, die sich rasch näherte. Wie sich zeigte, barg sie einen *Cutlass* in äußerst klapprigem Zustand (nur der rechte Kotflügel war noch dran, und das Lenkrad war sorgfältig mit Isolierband umwickelt, als sei es bei einem Unfall zerbrochen).

Der Wagen bremste. Eine altertümliche Ledertasche auf dem Rücksitz, der im übrigen mit allem möglichen Werkzeug und Krimskrams übersät war, verriet, daß es tatsächlich der Doktor war, den wir vor uns hatten. Der Herr, der sich aus dem Fenster lehnte, sah keinen Tag älter aus als vierzig Jahre; dunkle, an den Schläfen leicht ergraute Haare, ein ziemlich schweres Gesicht, stark sonnengebräunt und mit olivenfarbener Haut, eine kräftige Nase – ja, er sah ungefähr so aus, wie man es von einem Portugiesen mittleren Alters erwartet. Seine eher korrekte Kleidung, ein heller Leinenanzug mit sorgfältig gebundener Fliege, bildete einen starken Kontrast zu dem verfallenen Zustand des Wagens. Er parkte ihn zwischen den Autowracks auf dem Hof der Werkstatt, dessen Besitzer er mit einem sehr vertraulichen Nicken begrüßte, und hörte uns aufmerksam und höflich zu, als wir uns ihm als deutsche Archäologen von der anderen Seite des Flusses vorstellten.

Ob wir irgendein dringendes Problem hätten? Falls dem nicht so sei, würde er gern mit uns eine Cola in der *tienda* trinken und die neuesten Nachrichten von der anderen Seite des Flusses hören. Wir müßten entschuldigen, daß er etwas unrasiert aussehe, und er wolle sich zuerst gern ein wenig frisch machen; die letzten zwölf Stunden habe er mit einer ungewöhnlich schwierigen Entbindung zugebracht. Gottlob sei alles gut verlaufen. Er verschwand mit so energischen Schritten im Haus, daß wir alle drei bezweifelten, ob wir an die richtige Person geraten seien.

Wir hatten uns den portugiesischen Doktor – völlig unlogisch natürlich – als sehr alt aussehend vorgestellt. Nachdem wir es uns unter dem Bastdach der *tienda* bequem gemacht hatten, im appetitlichen Duft von Kräutern und Gewürzen, jeder vor sich eine Flasche Cola und gesprungene, aber saubere Gläser – die Mexikaner beleidigen nie ihre Gäste als Gringos damit, sie direkt aus der Flasche trinken zu lassen – erkannten wir, daß wir dennoch die Situation insgesamt nicht richtig begriffen hatten. An der Decke hingen Bündel getrockneter Peperoni, die Aschenbecher aus billigem Plastik machten Reklame für *Cervesa Corona*, und die schweren, runden mexikanischen Frauen an der Theke plauderten träge mit dem Kaufmann, während dieser sorgfältig die schwarzen Bohnen nach Kilo und den Kaffee nach hundert Gramm auswog.

Die ganze Situation hatte etwas paradox Triviales an sich, worauf wir einfach nicht gefaßt gewesen waren.

Der Doktor, der darauf bestand, die Pesos zu bezahlen, die die Flaschen kosteten, und der hin und wieder von den wenigen Kundinnen des Ladens gegrüßt wurde – älteren, dunkel gekleideten Frauen, einige mit kleinen Kindern – betrachtete uns mit neugierigen, lebhaft funkelnden Augen.

– Was mag einen portugiesischen Arzt in diesen abgelegenen mexikanischen Ort verschlagen haben?

– Oh, ich fühle mich hier wie zu Hause. Es gibt – unter der spanischen Oberfläche – etwas, das mich an Portugal erinnert. An ein älteres Portugal, das im Begriff ist zu verschwinden. Im übrigen hat mich die Neue Welt schon lange angezogen. Und schließlich hoffe ich natürlich, daß ich hier von einigem Nutzen bin. Allerdings muß gesagt werden, daß die jetzige Regierung es einem nicht gerade leicht macht, Landarzt zu sein.

Schnell und lebhaft ging er dazu über, uns über unsere Ausgrabungen auszufragen, und wir unterhielten ihn mit spannenden Details, unter anderem von zwei Conquistadorenschwertern, die wir, gut erhalten, in den Sandbänken des Flusses unten am Canyon ausgegraben hatten. Auf dem einen Schwert war noch die uralte Inschrift *Por mi Rey por mi Ley* gut zu lesen.

Der Doktor hörte sich das nachdenklich an, stellte aber keine weiteren Fragen. Es entstand ein plötzliches, etwas gespanntes Schweigen, das wir aufzulockern bemüht waren, indem wir vier weitere Flaschen Cola aus dem abgenutzten Kühlschrank der *tienda* bestellten. Der Doktor teilte liebenswürdig seine Flasche mit den neugierigen kleinen Jungen, die sich noch hinten an der Tür drängelten.

– Wie ernährt man sich hier am gesündesten? fragte der Mutigste in unserer Runde.

– Oh, lachte der Doktor, ich lebe nicht besonders gesund. Nur Bier vermeide ich. Es macht mich immer so traurig. Ich erinnere mich an vieles, und fast alles ist erschreckend.

Wie die Herren verstehen, ist Ernährung in meiner Situation nicht so wichtig. Man könnte sagen, was ich gegessen habe, habe ich gegessen, und was ich einmal getrunken habe, habe ich getrunken, und es gibt offenbar keine Möglichkeit, jetzt noch etwas daran zu ändern.

Falls die Herren hier sind, um sich einen Rat zu holen, wie man zu einem langen Leben kommt, kann ich nur mit dem guten alten zynischen Ärztespruch dienen: Suchen Sie sich Ihre Eltern sorgfältig aus. Mit mir ist das, wie Sie verstehen, meine Herren, eine ganz andere Sache.

Dieser Erwiderung entnahmen wir, daß er uns schon lange durchschaut hatte und sich offenbar über unsere Neugier nicht ärgerte. Daraufhin fragte ich ihn frei heraus, wie und wann er die göttliche Nahrung zu sich genommen habe. Und ob es ihn gereut habe.

– Oh, Sie meinen den Stein, *Lapis philosophorum*, sagte er und blickte in seine gewölbten Handflächen hinab, als frage er sich, ob sie wirklich zu ihm gehörten. Ich erinnere mich kaum mehr daran, es war wohl kurz vor meinem zweiundzwanzigsten Geburtstag. Dieser verhängnisvolle Augenblick, den ich so oft bereut habe, ereignete sich in einem der kleinen Häuser hinter der Kirche São Vicente de Fóra in Alfama.

– In Lissabon?

– Ja. In Lissabon. Mein Vater, der mit mir nicht recht zufrieden war – er war Gerber (ich erinnere mich noch an den widerlichen Geruch der Wannen in seiner Gerberei) – hatte mich bei einem jüdischen Apotheker namens Jakovi Almeida in die Lehre geschickt.

Wissen Sie, ich war noch ein sehr junger Mann; bei Almeida arbeiten zu dürfen, war eine große Ehre. Das ganze Viertel Alfama wußte, daß er ein Adept war. Damals gab es nicht nur einen davon, sondern mindestens drei. Ich hatte Geschwister, von denen einige ganz klein waren, und war selber noch sehr kindlich, und hatte, glaube ich, einen ziemlich unruhigen und abenteuerlichen Charakter.

Es gefiel mir sehr gut bei Jakovi. Er lehrte mich nichts von seiner Alchemie. Meine Aufgabe war es vor allem, mit verschiedenerlei Medizin zu hantieren, Heilkräuter in einzelne Porzellantöpfe abzufüllen und diese sorgfältig zu verschließen. Man könnte sagen – er stieß ein kurzes Lachen aus und schüttelte eine Marlboro aus einem zerknitterten Päckchen in der Jackentasche; er berührte die Zigarette nie mit der Hand, sondern ließ sie direkt aus der Packung in den Mund schnellen, wie man es oft bei jungen, saloppen Mexikanern sieht – vieles von dem, was ich bei Jakovi gelernt habe, wende ich noch heute an.

Ich verstehe, daß Sie darauf brennen zu erfahren, wie es dazu kam. Es war ziemlich einfach, wissen Sie. Der *Lapis philosophorum* wurde nach Art der Adepten in dreifach verschlossenen Gefäßen verwahrt, und weder ich noch sonst wer, vielleicht nicht einmal Jakovi selbst, durfte ihn sehen. Aber in einer kleinen, bläulichen Flasche aus maurischem Glas (ich erinnere mich noch an die Flecken von Metallsalzen an seinen blaugrünen Wänden) befand sich also etwas von dem Elixier. Ganz einfach destilliertes Wasser, das mit dem Stein in Berührung gekommen war. Eines Morgens, als Jakovi rasch zu einem Auftrag geeilt war (vermutlich hatte es mit einem reichen und mächtigen Patienten zu tun), gab ich der Versuchung nach. Ich löste das Siegel, zog den Korken heraus und ließ ein paar Tropfen auf die Zunge fallen. Ich versichere Ihnen: es waren nur wenige Tropfen, höchstens zwanzig Milligramm, würde ich sagen, nach heutigem Maß.

Es schmeckte nach gar nichts! Nicht einmal bitter!

Nicht der geringste Beigeschmack von einer chemischen Substanz, kein Metallsalz, keine organischen Ester, kein Alkohol, überhaupt nichts. Ich verkorkte die Flasche wieder und ging – in der Gewißheit, es habe nicht die geringste Wirkung, zur Tür der Apotheke und lehnte mich an den Türpfosten. Vielleicht, trotz allem, mit einer Ahnung, daß dies noch nicht alles sei.

Wie ich da am Türpfosten lehne und die Menschen durch die Gasse gehen sehe, spüre ich eine Hitze vom Solarplexus aufsteigen, bis in die feinsten Verästelungen des Nervensystems hinein, eine Hitze, nur vergleichbar mit dem Gefühl, das Brennesseln auf nackter Haut verursachen. Es fühlte sich buchstäblich so an, als würde etwas aus meinem Nervensystem weggebrannt (heute würde ich wohl von einer heftigen allergischen oder allergieartigen Reaktion sprechen, aber das macht die Sache nicht klarer). Gerade als ich meinte, sterben zu müssen, weil ich es keine Sekunde länger aushielt, war die Hitze wieder verschwunden. Nur ein leichtes Ohrensausen, eine starke Rötung an Händen und Gesicht blieben noch für Stunden. Das war alles.

– Und dann?

– Dann passierte nichts, nicht das geringste. Nicht einmal der Adept Jakovi entdeckte, daß ich ein paar Tropfen aus seiner Flasche entwendet hatte. Übrigens verließ ich ihn bald darauf. Ich wechselte zu einem anderen Apotheker. Ich wurde älter, reifer, heiratete ein schönes, großes Mädchen aus Alfama, Maria Antunes, bekam sechs Kinder, von denen vier ein ziemlich hohes Alter erreichten, zwei Töchter und zwei Söhne. Meine eigene Apotheke florierte, meine Söhne gingen mir zur Hand.

An den Trank dachte ich nicht mehr. Er war nur eine

unter anderen guten Anekdoten aus meiner Jugend. An meinem zweiundsiebzigsten Geburtstag, er fiel in jenes Jahr, in dem König Alfons III. die letzten Mauren aus der Algarve vertrieb, mit anderen Worten 1249, erwähnte meine älteste Tochter, die auch Maria hieß, etwas, das meine halbblinde Frau nicht mehr sehen konnte: ich hatte kein einziges weißes Haar. Nicht einmal da dachte ich an den Adepten und seinen Trank. Langweile ich die Herren?

– Ganz und gar nicht.

Ein Schatten der Ungeduld glitt über das Gesicht des Doktors, und wir fragten uns im stillen, wie es möglich war, daß ein Mensch mit soviel Zeit zu seiner Verfügung ungeduldig wurde.

– Die wirkliche Einsamkeit setzt nach ungefähr einhundertfünfzig Jahren ein. Man freut sich über seine Enkel, selbstverständlich freut man sich an seinen Urenkeln, und von beidem habe ich so einige gehabt. Aber wenn die Urenkel schon tot sind, was sagt man dann seinen Ururenkeln? Das Problem ist natürlich in erster Linie, daß man sich ihnen nicht zu nähern wagt. Und wenn man es tut, vorsichtig, auf Umwegen, sind sie dann nicht bereits Fremde? Wissen Sie, nach einhundertfünfzig Jahren ist kein Mensch mehr da, mit dem man seine ursprünglichen Erfahrungen teilt. Verstehen Sie, nicht einer.

(Auf die gleiche jungenhafte Art wie vorhin schnappte er sich eine Zigarette aus dem Paket: offenbar gehörte das Rauchen nicht zu den Dingen, die diesen sonderbaren Mann beunruhigten.)

– Wie ich sehe, fällt den Herren meine Raucherei auf. Ich weiß. Ein Arzt sollte nicht rauchen, er gibt ein schlechtes Vorbild für seine Patienten ab. Aber, mein Gott, was haben meine Lungen nicht schon alles ausgehalten. Dreißig Jahre lang haben sie die Luft in den Kerkern der Inquisition eingeatmet. Ich bin dem Admiral Vasco da Gama auf seinem langen Weg nach Indien gefolgt; was ich nicht weiß über Durst, über Hunger, über die ungeheure Ausgesetztheit in einem kleinen Geschwader weit draußen auf dem Ozean – ja, das ist des Wissens nicht wert.

– Endlich eine Erfahrung, die uns gemeinsam ist, sagte einer von uns. Auch ich habe die Ausgesetztheit kennengelernt. Sie macht einen leer – bis in die Seele hinein.

– Es gibt vieles, was einen leer machen kann bis in die Seele hinein. Beispielsweise seine eigenen Enkel als ergraute, kraftlose Greise zu sehen. Das erste Mal einen lebendigen Menschen zu foltern. Das erste Mal jemanden zu töten. Oder wenn man schließlich entdeckt, daß alle Frauen einander sehr ähnlich sind.

– Sie haben nicht nur Gutes getan, sondern auch Böses?

– Aber natürlich. Was glauben Sie denn? Ein Mensch, der viel Zeit hat, sich zu entwickeln, wird sich auch in Richtungen entwickeln, die zunächst ziemlich fremd anmuten, auch ihn selbst. Ich war sowohl Gefangener als auch Vernehmungsleiter der Inquisition. Ich habe lange im Kloster gelebt. Ich habe Freudenhäuser und Wirtschaften mit dem buntesten Treiben geleitet. Ich bin Sekretär und Vertrauter der strengsten Fürsten gewesen und war an ihren geheimsten und verwerflichsten Intrigen beteiligt. Ich habe mich über wissenschaftliche Werke gebeugt. Unter dem Namen Theophrastus von Hohenheim verfaßte ich meine wichtigsten medizinischen Schriften in Deutschland. Für kurze Zeit war ich Leibarzt von Gustavus Adolphus – übrigens ein Fürst mit alchemistischen Interessen.

Darf ich noch eine Runde Coca-Cola ausgeben? Miguelo, *quatros botellas más*! Was wollte ich mit alledem sagen? Ja, daß die Zeit wie ein sehr starkes Mikroskop wirkt, ein Elektronenmikroskop, wenn die Herren so wollen. Die geringste Neigung kann sich ungeheuerlich entwickeln, der unbedeutendste perverse Wunsch erhält so viele Möglichkeiten, daß er sich schließlich realisieren wird. Meinen Sie, Baudelaires Gedicht »Une Marture« wäre mir fremd? Oder Joseph Conrads »Das Herz der Finsternis«? Da irren Sie sich. Ein Mensch hat seinen Charakter nur höchstens einhundertfünfzig Jahre lang. Dann verschwindet dieser immer schneller, denn er erkennt allmählich, daß alles, der Mönch, der Krieger, der Unterdrücker, der wohlwollende Doktor mit seiner Arzttasche, der bezaubernde Verführer, der teuflische Sexualmörder... daß dies alles im selben Körper steckt.

Und während dieser Körper unverändert jugendlich, unverändert stark bleibt, wird die Seele immer leerer, je mehr sie ausgefüllt und gesättigt wird, wie Natronlauge.

Ich bin ein Reisender, ein sich entleerendes Schiff unterwegs in der Zeit. Wenn es schließlich ein Ufer erreicht, wird es keine Ladung zu löschen haben. Wie bitter habe ich nicht mit meinem Schicksal gehadert. Was hat Gott mit mir vorgehabt, oder ob es nun der Teufel war, der mich auf meine Bahn lenkte. Ich kann nichts anderes in mir sehen als eine groteske Sinnlosigkeit, ja, als einen sehr, sehr schlechten Scherz. Ich will Ihnen sagen, was ich bin: der Schutzpatron der Schlaflosen; die schreckliche, klare, schattenlose Welt des Wachseins – das ist mein Martyrium.

Am erschreckendsten war vielleicht, wie ruhig, wie vollständig gefaßt er diese so leidenschaftlichen Worte aussprach. Sein schönes, regelmäßiges Gesicht unter dem dichten, schwarzen, nach hinten gekämmten Haar war das eines sehr wohlerzogenen, sehr phantasielosen Revisors.

Aber mein lieber Doktor, konnte ich mich nicht enthalten zu sagen, welches sind Ihre Ziele, Ihre Pläne, Ihre Ambitionen? Was für wunderbare Bücher könnten Sie schreiben! Welche enormen Vermögen könnten Sie sich mit Ihrer Erfahrung innerhalb kürzester Zeit schaffen? Welche nahezu unbegrenzte politische Macht könnten Sie mit Ihren Kenntnissen erobern!

– Verstehen Sie denn nicht, erwiderte er in dem gleichen, ruhigen Revisorton. Verstehen Sie denn nicht? Ich will sterben. Das ist absolut das einzige, was ich will.

– Gilt das denn für jeden, wenn er nur lange genug lebt, um sich selbst zu sättigen?

Doch darauf antwortete der Doktor nicht. Die Stille in dem Laden bekundete, daß unser Besuch beendet sei. Der Doktor saß regungslos da, das Gesicht in die Hände gestützt. Der Ladenbesitzer, ein Mexikaner von der korpulenten, schweren, indianischen Art, bedeutete uns mit einer nicht mißzuverstehenden Geste, es sei Zeit zu gehen. Wir empfanden kein Bedürfnis, ihm oder sonst jemandem zu trotzen. Die Schatten vor der *tienda* wurden schon lang.

Bald würden wir wieder an Bord unseres Schiffes sein, in einem sehr kleinen Geschwader, unterwegs über unermeßlichen Tiefen, die jederzeit ihren verräterischen Charakter offenbaren konnten, bei plötzlich aufziehenden Stürmen.

Epilog

Der jüngere Techniker, ein rothaariger Mann mit Goldrandbrille, lockerte mit einem Spezialschraubenschlüssel langsam eine Mutter nach der anderen an der nächstgelegenen Inspektionsluke. Vorsichtig beugte er sich von der obersten Stufe seiner Stehleiter in den gigantischen Zylinder hinein und schnupperte mit gekräuselter Nase an dem, was sich darin befand. Er schien nicht glücklich über das, was sein offenbar empfindlicher Geruchssinn herausfand.

– Es ist so, wie ich vermutet habe, sagte er. Der gesamte Lemtank ist völlig degeneriert. Den Sauerstoffmangel haben die Infusionstierchen zwar überlebt. Aber nur zum Preis einer weitgehenden Degeneration. Was für ein Gestank! Mit diesem Tank wären sie nicht weit gekommen, das kann ich versichern. Ein Glück, daß wir uns die Zeit für einen gründlichen Test genommen haben. Knallverrückt, mit außerordentlich zusammenhängenden und autonomen Wahnvorstellungen!

Wir müssen die ganze Brühe herausspülen, und das wird den Start um ein paar Tage verzögern. Aber wir kommen nicht ums Sterilisieren herum, damit die Misere nicht auch noch auf die nächste Kolonie übergreift.

Ich wage nicht daran zu denken, was passieren würde, wenn eine so schwere Degeneration sich in der ganzen Flotte von einem Lemtank zum anderen ausbreitete! Das wäre das Ende, nicht wahr?

– Ja, sagte der zweite Techniker, ein älterer Mann in weißem Kittel mit einer momentan etwas geröteten Glatze. Ganze Büschel von weißen Haaren sprossen aus seinen Ohren, und in der Brusttasche hatte er fünf Stifte und ein Universalmeßinstrument. Es ist wahrhaftig ein Segen, daß du den großen Test gemacht hast. Wer weiß, ob wir es mit dem kleinen entdeckt hätten. Da zeigt sich mal wieder, daß man die allergrößte Sorgfalt anwenden muß, wenn man mit diesen verflixten bioelektrischen Navigatoren umgeht. Manchmal kommt es mir verdammt nochmal so vor, als *wollten* sie degenerieren.

– Sie machen sozusagen Aufruhr gegen uns, Aufruhr in Form eines langsamen Selbstmords.

– Vielleicht, weil sie nicht draußen im tiefen kalten Raum arbeiten wollen. Oder weil sie es satt haben, jede tausendstel Sekunde einen elektromagnetischen Impuls zu erhalten. Wer weiß, vielleicht tut das weh?

– Nur eins begreife ich nicht, sagte der erste Techniker. Und zwar: *Woher haben sie das alles?* Erfinden sie das wirklich ganz und gar aus eigener Kraft? Man fragt sich unwillkürlich, was passieren würde, wenn man so eine Brühe *gewähren ließe?* Sagen wir, ein paar Monate lang? Was wir hier bekommen haben, waren genau zwei Minuten und vierzig Sekunden. Das ist nicht viel. Und dabei haben wir uns wohlgemerkt nur einen Kanal im Terminal vorgenommen. Was war unterdessen auf den 299 übrigen los? Vielleicht würden sie anfangen, einen Intelligenzverstärker *herzustellen*, statt nur davon zu träumen?

– Ach was. Die sind viel zu selbstbezogen, viel zu sehr von ihren eigenen Ideen fasziniert, um sie in die Tat umzusetzen. Zu unserem Glück! Machst du jetzt den Abfluß auf?

– Einen Augenblick noch. Hier ist eine Mutter, die sich festgefressen hat.

Der Techniker streckte sich mit geübter Geste nach der Flasche mit dem Rostumwandler.

Inhalt